GERHART ELLERT
Die Katze der Herzogin

Gerhart Ellert

Die Katze der Herzogin

Verlag Petra Kehl
Künzell 2024

ISBN 978-3-947890-19-4
Mit freundlicher Genehmigung der Urheberrechtsinhaber
Sprache und Rechtschreibung wurden leicht modernisiert.

Copyright 2024 by Verlag Petra Kehl
Rhönstraße 3, 36093 Künzell
Titelbild: Theresia Weissensteiner
Umschlag: Ulrike Christ

Printed in EU

„FISCH! ICH MUSS FISCH HABEN! WO IST FISCH!"

Ein Junge, kaum älter als ich, steht auf den Stufen, die vom Innenhof in die große Küche hinabführen. Er ist blass und aufgeregt; das dunkle Haar hängt ihm in nassen Strähnen in die Stirn; er ist ohne Mantel und Kappe durch den Hof gelaufen, und es regnet in Strömen. Ich hatte ihn noch nie gesehen; vermutlich gehörte er zu den Griechen, die am Vortag aus der Heimat unserer Herzogin, aus Konstantinopel, als Gesandte zum Herzog Heinrich nach Wien gekommen waren. Er sprach zwar deutsch, aber mit sehr fremder Betonung.

„Fisch! Sie stirbt sonst! Sie verhungert!"

Wir lachten.

Am Feuer vor mir drehte man einen halben Ochsen am Spieß. Nebenan begoss der zweite Koch einen herrlich duftenden Rehbraten. Küchenjungen trugen soeben auf großen Brettern wahre Berge von Wachteln und Rebhühnern vorbei. In der Nebenküche rührten vier Hilfsköche süßes Mus und den Teig für Honigbäckerei. Und da wollte jemand verhungern, weil es keinen Fisch gab! Es ist freilich wahr, dass zu einem feierlichen Festessen auch Fisch gehört, und der erste Koch hatte sich genug darüber geärgert, dass er keinen beschaffen konnte. Seit drei Tagen nämlich regnete es in Strömen;

die Donau führte im Hochwasser Baumstämme und Äste heran; die Netze wurden zerrissen; die Angel konnte man nicht auswerfen; die Fischer hatten nichts gefangen. Es war bedauerlich, gewiss. Aber deshalb verhungern? Die Byzantiner müssen sonderbare Leute sein, dachten wir. Und der dicke Rupert lachte laut.

Der Oberkoch sandte einen warnenden Blick in die Runde. Vom Herzog war der Befehl gekommen, den Griechen mit Höflichkeit zu begegnen und keinesfalls zu lachen, wenn uns an ihnen etwas sonderbar oder fremd vorkommen sollte. Diesen Befehl hatte er natürlich der Herzogin Theodora wegen gegeben, seiner griechischen Gattin, die vielleicht darüber gekränkt gewesen wäre.

„Wir haben keine Fische bekommen können", erwiderte der Oberkoch deshalb sehr artig. „Aber hier hätte ich zartes Kalbfleisch? Oder eine Rebhuhnbrust? Tut's das nicht auch?"

Der fremde Junge schüttelte verzweifelt den Kopf, und plötzlich sehe ich, dass ihm die hellen Tränen über die Wangen laufen. „Drei Tage schon kein Fisch!", schluchzt er. „Sie wird sterben! Ganz gewiss wird sie sterben!"

Der Bub tat mir leid. Vielleicht war diese merkwürdige Person, die sterben musste, wenn sie keinen Fisch bekam, seine kranke Mutter oder seine Schwester — wir hatten erfahren, dass auch einige Frauen mit den Griechen gekommen waren. Jedenfalls hing er an ihr und er konnte ja nichts für ihre Verrücktheit. Aber vermutlich gab es heute in ganz Wien keinen Fisch.

Da fiel mir der alte Kajetan ein. „Warte!", sagte ich.

„Vielleicht kann ich dir doch helfen! Nimm einen Mantel und komm!"

Ich stand auf und nahm den alten Sack vom Haken, mit dem ich mich gegen den Regen zu schützen pflegte. Der Oberkoch wollte schelten: „Ich brauche dich noch! Du bleibst da!"

Aber er hatte mir nichts zu befehlen, und das wusste er. Ich bin ein Pferdejunge, und der alte Christoph ist der einzige, der mir etwas zu sagen hat — außer dem Herzog natürlich. Meine Arbeit im Stall war beendet, und ich habe nur aus freien Stücken ein bisschen in der Küche geholfen — erstens, weil sie heute jede Hand brauchen konnten und zweitens, weil bei der Küchenarbeit immer, etwas Gutes für unsereinen abfällt: ein Stück Wildbraten oder ein Honigkuchen. Aber wenn ich gehen wollte, dann ging ich eben; da hatte mir keiner dreinzureden.

„Willst vielleicht an die Donau gehen, um zu fischen?", hänselte mich der Suppenkoch, der Frieder.

Ich zuckte bloß die Achseln und verriet nichts. Aber ich dachte: Wenn irgendjemand in Wien einen Fisch hat, so ist's der alte Kajetan. Ich will's versuchen. „Hol deinen Mantel!", sag' ich dem Griechenjungen.

„Nein, nein!", antwortet der ungeduldig. „Keine Zeit! Fisch ist wichtiger als bisschen nass werden!"

Es hing noch ein zweiter Sack neben dem meinen, den nahm ich und warf ihn dem Griechen hin. Bisschen nass werden?! Im Hof stand das Wasser spannhoch, die Dachtraufe war ein Wasserfall, vor etlichen Jahren hatte der Herzog damit begonnen, den alten großen Meierhof in der Stadt Wien zu einer Burg umzubauen; ein

Teil war wohl schon fertig — die Wohnräume und der große Festsaal — aber rings um den Hof sah's noch wie auf einem Bauplatz aus, uneben war der Boden, Planken, Steine und Geräte lagen umher. Wir wateten durch regengefüllte Löcher und durch aufgeweichte Erde; mir schadete das nicht, ich war barfuß — aber die feinen Schuhe des Griechen sahen bald hübsch aus.

„Wer ist denn derjenige, für den du den Fisch so notwendig brauchst?"

„Lourion!", antwortete er.

Das war offenbar ein griechischer Name, und ich war so klug wie vorher, aber ich fragte nicht weiter, weil der rauschende Regen und der eben einsetzende Sturm mir das Sprechen erschwerte. Ich lief zum Fischertor hinab und hielt mich dabei dicht an den Häusern, um doch ein wenig Schutz zu finden; der Grieche folgte mir auf dem Fuß. Schon ehe wir zur Fischerstiege kamen, hörten wir die Donau rauschen, die weit über die Ufer getreten war und all die feuchten Wiesen am Gestade überflutet hatte. Kajetans Häuschen stand nicht weit von der Rupertskirche; ich sah schon von ferne, dass Rauch aus seinem Schornstein drang. Der Alte war also zu Hause; freilich — wo sonst sollte er auch sein während eines solchen Wetters?

„Wohin führst du?", fragte der Grieche hinter mir etwas ängstlich.

Ich zeigte ihm das Haus und sagte ihm, dass Kajetan der beste Fischer in Wien sei — vielleicht in ganz Österreich. Wenn der keinen Fisch habe, dann könne man jede Hoffnung fahren lassen.

„O heiliger Blasius von Sebaste!", flüsterte der Junge. „Gib, dass er welchen hat!"

Wir liefen die glitschige Stiege hinab, und ich öffnete die Tür. Das erste, was ich bemerkte, war, dass es nach Fisch roch. Das zweite, dass der alte Kajetan neben dem Herd hockte und sich eine Mahlzeit bereitete, die offensichtlich aus gebratenem Fisch bestand. Und das dritte, was ich sah, war ein großer Weinkrug.

„Guten Tag, Kajetan!"

Er knurrte: „Wer bist du? Was wollt ihr? Schert euch hinaus!"

Ich warf einen Blick in den Weinkrug und sah, dass er zu dreiviertel leer war. Das war schlimm, denn wenn der Alte betrunken war, dann konnte man nicht leicht mit ihm reden. Er kannte mich sonst recht gut, ich war schon einige Male bei ihm gewesen, um Fische für die herzogliche Küche abzuholen. „Ich bin's, der Bertl vom Hof!", sagte ich. Eigentlich heiße ich Lambert — ein schöner Name, nicht wahr? — Aber keiner nennt mich so, nicht einmal der alte Christoph, der's noch am besten mit mir meint.

„Bertl ...", wiederholte der Alte. „Bertl ... Ich kenne keinen Bertl! Scher dich fort!"

„Wir hätten gerne Fische, Kajetan. Du hast immer welche und du hast immer die schönsten!", schmeichelte ich.

„Hab' keinen Fisch! Schau dir die Donau an, dummer Bub! — Niemand hat heute Fische!"

„Aber, Kajetan, was ist denn das in deiner Pfanne?"

„Mein Mittagessen ist das!", schrie der Alte mit geröteten, zornfunkelnden Augen. „Wollt ihr vielleicht einem armen, alten Mann seine mühsam erworbene

Nahrung wegnehmen? Hinaus mit euch!"

„Sag ihm", flüsterte der Grieche, „dass wir zahlen, was er will! Oder: dass wir dafür Braten bringen ..."

Ich wiederholte es dem Kajetan, er hätte die fremde Betonung nicht verstanden. Wäre er nicht betrunken gewesen, so hätte er den Handel sogleich geschlossen, denn er ist immer geldgierig gewesen, ich weiß das. So aber wurde er eigensinnig. „Mein Essen wollen sie mir nehmen! Die Speise eines armen alten Fischers! Schert euch hinaus, sage ich!"

Ich hatte mich inzwischen ein wenig umgesehen. In der Ecke lagen Netze und allerlei Fischereigerät; auch eine Steinwanne war da, in der er die Fische aufzubewahren pflegte; sie war leer. Aber da, zwischen den Netzen ... glänzte es da nicht silbrig? — Der Grieche hatte es gleichzeitig mit mir gesehen und stürzte darauf zu.

„Fische!", schrie er. „Da sind Fische!"

Der Alte wendete den Fisch in seiner Pfanne. „Ein paar Köderfischchen", murmelte er. „Sind nichts wert. Schuppen und Gräten. Kein Fleisch daran."

„Ich muss sie haben!", rief der Grieche aufgeregt. „Ich muss!"

Er kniete nieder und begann, sie aus den Maschen zu lösen. Der Alte sah ihm zu, weniger unfreundlich nun, wie mir schien, aber sichtlich ebenso wenig wie ich begreifend, wozu diese winzigen Köderfischchen dienen sollten.

„Wer seid ihr, habt ihr gesagt?"

„Ich bin der Bertl vom Hof", wiederholte ich.

Und der Grieche sagte, noch bei den Netzen kniend: „Ich heiße Zeno und bin aus Konstantinopel gekommen."

Der Alte grinste. „Zwei junge Herren vom Hof", sagte er. „So, so. Haben nicht genug zu essen aus der Hofküche, müssen beim alten Kajetan nach Köderfischchen suchen ... Sind dabei nass geworden bis auf die Knochen und könnten doch so gut trockenen Fußes zum alten Kajetan gelangen!"

Er lachte boshaft und nahm einen großen Schluck aus dem Krug.

„Frag ihn, was er für die Fischchen verlangt!", sagte Zeno.

„Einen Byzantiner!", kicherte der Alte. „So viel werden sie den jungen Herren wohl wert sein!"

Ich fand kein Wort vor Empörung. Die Fischchen waren nichts wert, überhaupt nichts, aber ein paar Groschen hätte ich ihm schon gegönnt dafür. Jedoch: ein Byzantiner! Seit die griechische Theodora unsere Herzogin ist, kommt viel byzantinisches Geld ins Land, ich selbst hatte auch ab und zu welche von den fremden Münzen in die Hand bekommen, als ich das Pferd eines griechischen Herrn zu versorgen hatte. Was konnte man für einen Byzantiner alles kaufen!

Zeno aber sagt kein Wort, zieht einen Byzantiner aus seiner Tasche und legt ihn vor den Alten auf den Tisch. Rafft dann die Fischchen in einen Zipfel seines Sackes zusammen. Ich will widersprechen, aber er hört gar nicht hin.

„Rasch!", sagt er, „rasch! Ich bin so froh! Du selbst sollst ihr die Fische bringen, denn dir allein verdanken wir sie! Komm, laufen wir!"

Ich antworte gar nicht, haste mit dem Griechenjungen die Stufen hinauf und wir laufen durch den Regen zurück zum Hof. Selbst bringen!, dachte ich. Die Neugierde verzehrte mich fast. Aber es ging ja nicht; nass war ich, die Füße waren voll Lehm ... ich hätte was Hübsches zu hören bekommen von den Dienern und Kammerfrauen, wenn ich mich in die herzoglichen Räume gewagt hätte!

Ich also, wie wir uns dem Hof nähern, schwenke ab, den Ställen zu, dorthin, wo ich zu Hause bin; Zeno aber zieht mich zur Regentraufe,

„Schnell!", sagt er. „Schwemme dir die Füße ab. Ich gebe dir Schuhe von mir! Du sollst Lourion sehen!"

„Geht denn das?"

„Wenn ich's doch sage! Aber beeile dich!"

Ich tu, wie er's mir sagt, und dann laufen wir die hölzerne Hintertreppe hinauf ins Quartier der Pagen, und Zeno gibt mir ein Paar Brokatschuhe, die mir zu eng sind und die sich sonderbar genug ausnehmen zu meinem grauen Leinenkittel. Die Fische tut er in ein seidenes Tüchlein und dann eilen wir durch etliche Gänge hinüber in die Räume der Herzogin.

Einmal bin ich schon hier gewesen, vor einigen Jahren. Damals war der Herzog gerade vom Kreuzzug heimgekehrt und hatte die griechische Prinzessin als seine Gattin mitgebracht. Die Burg am Hof war damals noch nicht fertig gewesen und er residierte in der Newenburg auf dem Leopoldsberg. Der Oswald, ein Freund des alten Christoph, war einer der Steinmetzen, die die steinernen Türschwellen und Fensterbänke anzubringen hatten. Der hatte uns hereingerufen, Christoph und mich, damit wir's ansehen könnten.

Jetzt freilich hat alles anders und viel schöner ausgeschaut, weil nun überall Teppiche und Wandbehänge angebracht waren, metallene Spiegel und Stickereien. Ich habe mich kaum aufzutreten getraut, aber Zeno ist den Gang entlang gelaufen, hat eine Tür aufgerissen und hat gerufen: „Frau Pelagia! Wir bringen Fische für Lourion!"

„Den Heiligen sei Dank!", sagt eine dünne, spitze Stimme. Und fügt dann etwas auf Griechisch hinzu, was ich nicht verstehen kann, aber ich kann mir denken, was es bedeuten soll! Sicher hat sie gefragt: „Was soll der Pferdejunge da bei uns?"

Frau Pelagia kennen wir alle; sie ist vor etlichen Jahren mit der jungen Herzogin nach Österreich gekommen als Kammerfrau und als Aufseherin über die griechischen Mägde, und man hört, dass sie ihr Möglichstes tut, den Haushalt der Herzogin so zu führen wie einst im Heiligen Palast in Konstantinopel. Es soll deshalb schon ab und zu zu scharfen Worten mit dem Herzog gekommen sein, der ihr erklärt hatte, wir seien nun einmal in Österreich und man möge sich an österreichische Sitten gewöhnen. Sie sieht so streng und verärgert aus mit den dunklen Brauen im weißgeschminkten Gesicht, dass ich einfach davongelaufen wäre, wenn Zeno mich nicht an der Hand festgehalten hätte.

Der hat nun plötzlich eine steile und eigensinnige Falte auf der Stirn und sagt deutsch, damit ich ihn verstehen kann: „Mein Freund da hat die Fische für Lourion aufgetrieben, und er soll sie Lourion selbst geben."

Und dann zieht er mich in die Ecke und führt mich

an ein Körbchen und darin liegt … ach, solch ein Tier habe ich mein Lebtag noch nicht gesehen! Schneeweiß ist es wie ein Wiesel im Winter, aber es ist viel größer und kräftiger als ein Wiesel. Eine weiße Wildkatze oder ein weißer Luchs — wenn es so etwas überhaupt gibt? — aber dazu ist es wieder zu klein …

Da fällt mir ein, gehört zu haben, dass vornehme Damen manchmal ein neues, kostbares Schoßtier halten, eine Katze, die aber nicht wild ist wie unsere großen, getigerten Katzen in den Wäldern. Diese Tiere kommen aus dem Orient, hat man mir gesagt.

„Hast du noch nie eine Katze gesehen?", fragte Zeno. „Diese hier haben wir aus Byzanz mitgebracht als Geschenk für die Herzogin Theodora und für die kleinen Prinzen. Und ich bin zu ihrem Wärter bestellt und muss sehen, dass es ihr an nichts fehlt; denn diese Tiere sind hier selten und kostbar. Aber die weite Reise ist ihr nicht gut bekommen und sie will nichts anderes fressen als Fische. Sie ist daran gewöhnt, weißt du. In Byzanz hat sie stets frische Fische bekommen, so viele sie nur wollte."

Er streichelte das glanzlose Fell. Das Tier öffnete kaum die Augen und sah matt und krank aus.

„Lourion, ich habe Fisch!", flüsterte Zeno und knotete das Tuch auf.

Die Katze hob das Köpfchen, ein blassrosa Näschen kam zum Vorschein, das erregt zu schnuppern begann. Die matten Lider hoben sich, grüngelbe Augen blickten aufmerksam um sich, und plötzlich fuhr eine krallenbewehrte Pfote hervor und riss eines der Fischchen an sich.

„Sie frisst! Sie frisst wieder!", rief Zeno jubelnd. „Seht doch, Frau Pelagia! Lourion wird wieder gesund!"

Pelagia antwortete nicht, sondern knickte in tiefer Verneigung zusammen. Wir fuhren herum. Hinter uns hatte sich die Tür leise geöffnet, und die Herzogin selbst stand auf der Schwelle. Ich hätte in den Boden versinken mögen!

Auch Zeno war es offenbar nicht behaglich zumute, denn er wurde rot bis unter das Haar und begann rasch in griechischer Sprache etwas zu erklären.

Die Herzogin hörte ihn an und schaute dann lächelnd auf meine nackten Füße, die in Zenos engen Brokatschuhen steckten. „Ich bin sehr froh, dass Lourion Fische bekommen hat", sagte sie dann. Sie sprach das Deutsche sehr langsam, aber ohne Fehler. „Vielleicht wird sie sich nun doch wieder erholen. Und ich freue mich auch, dass mein junger, heimwehkranker Page einen Freund gefunden hat."

Ich wusste nicht, was ich darauf antworten sollte, und schwieg still. Schließlich bin ich ein Pferdejunge und Zeno ist herzoglicher Page, da wird wohl nicht viel von Freundschaft die Rede sein.

Hinter mir hüstelte Pelagia und öffnete die Tür. Ich verneigte mich ungeschickt und schaute, dass ich fortkam. Mit einem letzten Blick sah ich noch, wie Lourion das Pfötchen schon nach dem zweiten Fisch ausstreckte.

ICH LAUFE HINUNTER IN DEN STALL – inzwischen war es spät geworden — und finde den Christoph schon dabei, den Pferden die Abendration vorzuschütten und dem braunen Hengst, Busso heißt er, das nasse Fell mit Stroh abzureiben. Ich stelle mich mit einem Strohwisch an die andre Seite des Pferdes und helfe ihm. Christoph fragt nicht, wo ich so lange gewesen bin, er brummt zornig vor sich hin, dass es eine Sünde sei, bei solch einem Wetter ein Pferd ins Freie zu jagen.

„Wer hat denn den Busso geritten?", frage ich.

„Wer sonst als der Welf, der Ottokar von Seckau?", schilt er. „Hat kein Herz für die Pferde."

Den Seckauer mag keiner von uns. Vogt von Seckau ist er, aber er kümmert sich keinen Deut um seine Vogtei, lebt in Wien und auf der Newenburg beim Herzog, obwohl bei den Knechten das Gerede geht, dass auch Herzog Heinrich ihn nicht liebt und ein finsteres Gesicht zieht, wenn er ihm begegnet. Weshalb er ihn trotzdem um sich duldet, weiß keiner; es scheint, die großen Herren können auch nicht immer tun, was ihnen beliebt.

Ist aber doch sonderbar, dass der Seckauer bei solchem Wetter ausgeritten ist; der Christoph denkt nur an den Braunen, aber schließlich ist auch der Reiter nass geworden und nicht nur das Pferd.

Nun, ich denke nicht weiter darüber nach, und als die Pferde versorgt sind, krieche ich in meinen Verschlag auf dem Heuboden und mache mir mein Bett im Heu zurecht. Ob ich nicht mehr in die Küche hinüber wolle?, fragt Christoph. Nein, sag' ich. Ich sei zu müde. Ich war aber eigentlich gar nicht müde, ich war nur traurig und wollte allein sein.

Manchmal kommt es eben über mich, obwohl ich

meist guter Dinge bin. Aber ab und zu, wenn ich einen Blick in ein andres Leben tu, dann ist es mir fast zum Verzweifeln, dass ich all mein Lebtag nichts andres sehen soll als einen Pferdestall und dass ich niemand habe, der sich um mich kümmert. Bis auf Christoph, natürlich, aber der ist ja selbst nur ein armer Knecht und kann nichts für mich tun.

Gut ist er freilich, der Christoph. Wie mir Vater und Mutter gestorben sind — der Vater als herzoglicher Schildknappe auf dem Kreuzzug und die Mutter kurz darauf an einer Seuche —, da hat der Christoph mich zu sich genommen in den Stall, ich hab's warm gehabt und hab' nie gehungert, und der Alte hat viel Mühe mit mir gehabt, bis ich groß genug war, ihm zu helfen.

Und jetzt, als er bemerkt, dass ich schweigend ins Stroh kriechen will, kommt er zu mir herauf und streicht mir mit der Hand über den Schopf— so grob, als wollte er ein Pferd striegeln, aber es ist gut gemeint — und fragt: „Was hast denn, Büble? Bist krank?"

„Nein", sag ich, „krank bin ich nicht." Und dann muss ich weinen, und ich meine, der Christoph wird es nicht bemerken im Dunkeln, aber er bemerkt es doch, und er striegelt mir wieder den Schopf und sagt: „Nun, nun, Bertl ... Es wird schon nicht so schlimm sein. "

Fragt aber nicht weiter. Und eben weil er nicht fragt, erzähle ich ihm alles: von dem Griechenjungen, von der Katze, und dass ich in den herzoglichen Zimmern drüben war und dass ich kein Pferdejunge bleiben will, sondern dass ich ein Knappe sein möchte wie mein Vater oder gar ein Ritter und mit dem Herzog ausziehen ins Heilige Land oder wohin immer ...

Sagt der Christoph: „Kann schon sein, dass es einmal so kommt — weshalb denn nicht ? Musst eben die Augen offenhalten und deinen Mann stellen, wenn sich einmal die Gelegenheit bietet, sich auszuzeichnen. Und inzwischen hab' du nur Geduld; es kommt für jeden einmal die richtige Stunde ..."

Geglaubt habe ich das zwar nicht, aber geweint hab' ich auch nicht mehr; Christoph hat mich mit einer Pferdedecke zugedeckt, ich hab' noch eine Weile dem Regen zugehört, der immer noch aufs Dach trommelte, und dem braunen Hengst, der ärgerlich in sein Futter schnaubte, als fände er zu viel Spreu unter dem Hafer — und dann bin ich eingeschlafen.

AM NÄCHSTEN MORGEN habe ich keine Zeit gehabt, trüben Gedanken nachzuhängen, vor Tag schon hat mich Christoph geweckt, die hohen Gäste kämen noch vor dem Mittag — gerade sei die Botschaft gekommen, wir müssten die Stände für die Pferde vorbereiten.

„Die Bischöfe?", frage ich. „Kommen die Bischöfe?"

Christoph lacht, weil ich mir so verschlafen die Augen reibe. „Freilich kommen die Bischöfe! Sind gestern in Tulln geblieben wegen des schlechten Wetters; jetzt hat es zu regnen aufgehört, in drei Stunden können sie da sein. Also flink!"

Ich springe die Leiter hinab, fahre mir mit allen zehn Fingern durchs Haar, die Heuhalme wegzukriegen, und laufe dem Christoph nach, der schon im Begriff ist, in den Ständen neben den Reitpferden des Herzogs die Streu zu erneuern. Die Bischöfe — das sind die beiden jüngeren Brüder unseres Herzogs, Herr Otto von Freising und Herr Konrad von Passau. Auf den Freisinger besonders waren wir alle neugierig, es hieß, dass er gut Freund sei mit dem neuen Kaiser, dem Friedrich Rotbart; und dass er sehr gelehrt sei und in einem Buch alles aufzeichne, was in der Welt vor sich geht. Seit ich denken kann, war er noch nie in Wien gewesen. Den Passauer Bischof kannte ich wohl, der war vor vier Jahren bei der großen Treibjagd auf dem Kahlenberg dabei gewesen; damals war er noch Dompropst von Hildesheim.

Wir also breiten die Streu aus — das feinste Stroh, das sich denken lässt —, und schütten den herrlichsten Hafer in die Krippen; und ich mause von beidem ein bisschen für den Rotschimmel des Herzogs, der eifersüchtig in die andre Krippe hinüberschielt. Und den Platz des Schimmels versorge ich auch damit, weil ich ihn gern habe, den Schimmel und auch seinen Herrn, den Suitold von Plaien, der den Gästen entgegen geritten ist. Christoph bemerkt es wohl, aber er sagt nichts dazu; und nachher versorgen wir mit den anderen Knechten die übrigen Pferde im Stall und putzen noch einmal alle Beschläge blank. Kann immer sein, dass die hohen Herren selbst in den Stall kommen, um nachzusehen.

Eben, als wir meinen, dass nun wirklich alles geschehen ist und wir an unser eigenes Frühstück denken dürften, hören wir Hornsignale draußen vor dem Tor; die Knechte rennen hinaus, die Torflügel zurückzuschieben — und schon reiten die Gäste ein.

Himmel!, denk' ich — das sind ihrer ja fünfzig oder mehr — wohin mit den vielen Pferden? — Es wird aber nicht so schlimm, denn wir hören gleich nachher, dass das Gefolge im Freisinger Hof und im Passauer Hof untergebracht werden soll, nur die beiden Bischöfe und ihre persönlichen Diener bleiben bei uns.

Inzwischen ist der Herzog die Treppe herabgekommen und begrüßt seine beiden Brüder; der Seckauer Vogt ist auch da, der Herr von Grimmenstein, der Kuenringer und noch viele andre.

Ich aber bin unter den Pferden hindurch geschlüpft, bis ich neben dem Goldfuchs des Bischofs Otto gestanden habe; und wie der Freisinger Herr aus dem Sattel springt, hab' ich schon die Zügel in der Hand und nun bin ich es, der den Goldfuchs in den Stall führen kann, und der Hannes, der sich auch herandrängt, hat das Nachsehen. Bischof Otto lacht — wahrscheinlich weiß er genau, wie das so Brauch ist unter uns Stalljungen und wie wir wetteifern um das Pferd des vornehmsten Gastes.

„So", sagt er lachend. „Diesmal hat's der Jüngste ergattert. Da hast einen bayrischen Gulden, Bub, und schau mir gut auf die Stute. Fulvia heißt sie."

Ich also zurück mit dem Goldfuchs in den Stall, und das könnt ihr mir glauben, dass es ihm an nichts gefehlt hat. Ist ein liebes und kluges Tier gewesen, die Fulvia, und wir sind gleich gut Freund gewesen. Aufs Frühstück haben wir verzichten müssen, aber als die Glocke für den Mittagstisch angeschlagen hat, hat keiner mehr säumen wollen. Der Gesindetisch steht in einem großen, ebenerdigen Raum neben der Küche, und als wir vom Stall hereinkommen, haben wir kaum mehr Platz gefunden, weil auch etliche von den Freisinger und

Passauer Knechten hiergeblieben waren.

Gerade wie ich mich in die Bank drücke und meine Suppenschale fülle, sagt einer, der die Passauer Farben trägt: „Ist ein schöner Sitz, dieser Hof, den sich euer Herzog da in Wien erbaut hat.".

„Herzog?", sagt der Wilhelm, der Knecht des Seckauer Vogtes. „Werdet euch wohl daran gewöhnen müssen, ihn etwas bescheidener Markgraf von Österreich zu nennen. Herzog ist er nur von Bayern, und Bayern gehört ihm nicht mehr lang!"

„Abwarten!", sagt Christoph und schlürft seine Suppe. „Vorerst gehört es ihm noch!"

„Freilich", meint ein Freisinger. „Aber das weiß jeder: Der Kaiser Rotbart will ihm Bayern wegnehmen und es dem jungen Welf geben, damit er Ruhe und Frieden mit den Welfen hat. Und unser Bischof Otto ist nur deshalb nach Wien gekommen, um den Herzog Heinrich zu überreden, dass er auf Bayern verzichtet."

„Wird er nicht tun!", meint der Bratenkoch, der gerade vorübergeht.

„Wird er wohl tun müssen!", sagt der Seckauer hitzig.

„Er hat gesagt ...", stotterte der Hannes aufgeregt, „ich hab' es selbst gehört, während des Rittes nach Sievering, neulich, hat er dem Seckauer Vogt gesagt: ‚Herzog bin ich und Herzog bleibe ich — so wahr mir Gott helfe!' Und wenn er das sagt, dann gibt er nicht, nach; das ist ihm wie ein Schwur!"

„Wird man ihn eben zwingen müssen ...", murmelt, der Knecht des Seckauers. Er sagt es leise, gleichsam nur für sich, trotzdem fürchte ich eine Sekunde lang, es könnte ein Streit aufkommen, denn das hört keiner von uns gern; dass man unseren Herzog zu etwas zwingen will!.

Aber einer von den Freisinger Knechten lenkt ein, sagt, es werde sich wohl alles gütlich regeln, man soll das den Herren überlassen; wir Knechte, meinte er, sollten zufrieden sein, wenn unser Tisch so gut gedeckt sei wie hier am Wiener Hof. Da stimmen denn alle zu und das Gespräch wendet sich zu anderen Dingen.

NACH TISCH HATTE ICH FREI und ich setzte mich auf eine Bank vor den Stall, um ein wenig zu überdenken, was ich gehört hatte. Der Regen hatte aufgehört, die Sonne begann die Pfützen zu trocknen, und die Spatzen zwitscherten auf den Dachrinnen. Da sah ich Zeno aus einem der Tore kommen und sich suchend umsehen.

„Heda!", rief ich. „Wen suchst du? Brauchst du wieder Fische?"

Zeno wandte sich um und lachte. „Dich habe ich gesucht! Hast du Zeit?"

„Ja", sag' ich. „Zeit genug. Wie geht es Lourion?"

„Fische sind da", antwortete Zeno. „Man hat uns heute Morgen einen Korb voll gebracht, da das Wetter wieder besser wurde. Aber Lourion ist immer noch traurig."

„Sie ist wohl traurig, weil sie immer in ihrem Körbchen im Zimmer liegen muss. Lasst sie doch heraus an die Sonne!"

Zeno schüttelte den Kopf. „Sie würde uns vielleicht entlaufen, sich verirren und zugrunde gehen. Bedenke, solch ein kostbares Tier! Nein, sie ist traurig, weil sie Heimweh hat, so wie ich."

„Weshalb bist du denn hergekommen, wenn du es hier nicht schön findest?", sage ich gekränkt. Denn ich meine, es kann doch nirgends schöner sein als bei uns.

„Du bist dumm", erwidert Zeno. „Kannst du denn etwa immer tun, was du willst? Der Kämmerer Eustachius hat befohlen, dass ich mit auf die Reise muss, um für Lourion zu sorgen, und da musste ich gehorchen. Und nun sind wir beide unglücklich im fremden Land, Lourion und ich. Jeden Tag bete ich zur heiligen Jungfrau, dass sie mich wieder heimführen möge nach Konstantinopel. Dort lebt meine Mutter, weißt du."

„Lauf weg!", sage ich. Denn das hätte ich getan — so schien mir —, wenn irgendwo auf der Welt noch meine Mutter gelebt hätte.

Aber Zeno lachte nur. „Wie stellst du dir das vor? Durch Ungarn, durch das wilde Bulgarien, ich ganz allein? Niemals käme ich ans Ziel. Nein, ich muss schon warten auf eine günstige Gelegenheit. Vielleicht gibt mir die Herzogin einmal einen Wunsch frei — dann würde ich bitten, dass ich mit der nächsten Gesandtschaft wieder zurückkehren könnte.

„Und Lourion?"

„Vielleicht wird sich Lourion mit dem kleinen Herzogssohn anfreunden", meinte Zeno. „Sie liegt oft stundenlang in seinem Bettchen und lässt sich von ihm streicheln."

Es war der kleine Heiner, von dem er sprach, unseres Herzogs zweiter Sohn, der gerade erst zwei Jahre alt geworden war. Der ältere, der Leupold, war mit seinem Lehrer, dem Herrn von Pottendorf, in der Melker Burg zurückgeblieben, aber von dem kleinen Heiner wollte sich der Herzog nie trennen. Es hieß, dass er ihn besonders liebte. Während wir so plauderten, waren wir, Zeno und ich, vom Hof ohne viel zu denken, wohin wir wollten, auf den Bauplatz der großen Kirche gelangt, die Herzog Heinrich zu bauen begonnen hatte. Vor kurzem war diese Kirche dem heiligen Stephanus geweiht worden, und es wurden auch schon heilige Messen in ihr gelesen, aber natürlich war sie noch lange nicht ganz fertig. Rings um ihre Mauern lagen Werkstücke aus Stein, ein Heer von Arbeitern meißelte, glättete und schliff. Ich zeigte Zeno die Dombauhütte — ein niedriges Gebäude an der Westseite des Domes — und ließ ihn durch das Fenster einen Blick tun auf den Baumeister und seine Gehilfen und auf die Pläne und Zeichnungen, die auf den Tischen ausgebreitet lagen.

„Der Dom ist schön", sagte Zeno. „Er lässt sich zwar nicht mit der Hagia Sophia in Konstantinopel vergleichen, aber er ist doch auch sehr schön."

„Er ist ja noch nicht fertig", erwiderte ich beleidigt. Aber dann dachte ich mir: Der Zeno liebt eben seine Heimat und glaubt, dass es nirgendwo so schön sein könne als dort. Das darf man ihm nicht übelnehmen. Und dann sah ich Oswald.

Oswald saß im Schatten eines Holunderbusches und stemmte mit Meißel und Hammer kleine Würfel schachbrettartig aus einem Marmorstück. Er blickte erst auf, als unser Schatten auf seine Hände fiel.

„He!", sagte er, „der Bertl! Hast dich lange nicht

blicken lassen! Und wer ist der andre?"

„Ein griechischer Page der Herzogin!", sagte ich und war ein wenig stolz auf meinen neuen Freund.

Oswald knurrte etwas Unverständliches und spuckte aus. „Wird sich die Kleider staubig machen, der junge Herr."

Dem Zeno stieg das Blut zu Kopf, und er setzte sich ärgerlich gerade auf jenen Stein, der am meisten mit Staub bedeckt war. Der Steinmetz bemerkte es und lachte. „Ist schon gut", sagte er. „Ich hab' dich nicht kränken wollen. Was gibt es Neues am Hof?"

Ich erzählte dem Alten — weil ich wusste, dass er solche Dinge gerne hört — von Lourion und wie wir bei Kajetan Fische für sie aufgetrieben hatten.

„Habe schon von diesen Tieren gehört", sagte er. „Habe aber noch nie eines gesehen. Hört, zeigt mir diese Katze!"

„Das geht nicht!", rufen wir wie aus einem Mund. „Das dürfen wir nicht!".

„Nicht? Nun gut. Dann zeige ich euch auch nicht, was ich entdeckt habe."

„Was hast du entdeckt?".

„Oh ...", sagt er, gleichgültig tuend, und hämmerte an seinem Stein, „nichts von Bedeutung. Eine alte unterirdische Begräbnisstätte oder etwas dergleichen. Ich weiß nicht genau; ich habe es noch nicht näher untersucht."

„Wo, Oswald? Wo hast du das gefunden?"

„Ja, ja", sagt der Alte. „Ich hätte euch, hingeführt. Aber da ihr mir die Katze nicht zeigen wollt ..."

„Wollen, Oswald! Wir wollten ja, aber wir dürfen nicht!"

„Eben. Genau das habe ich mir auch überlegt. Ich darf euch diese unterirdische Kammer auch nicht zeigen. Wer weiß, was euch da für Abenteuer begegnen könnten!"

„Oswald, bitte!"

„Ich bin genau so vorsichtig wie ihr. Wenn ihr mir die Katze nicht zeigen könnt ..."

„Frau Pelagia hat mir bittere Vorwürfe gemacht, dass ich Bertl in die Burg geführt habe!", sagte Zeno, – S o ? Das hatte ich ja noch gar nicht gewusst! – „Sie würde dir nicht erlauben einzutreten."

„So bringt die Katze hierher!"

„Höre", sagte Zeno. „Wenn du uns das unterirdische Grab zeigst, so gebe ich dir ..."

„Nein, junger Mann", sagte der Alte listig. „Versuche nicht, mich zu bestechen. Du kennst meinem Preis."

„Gut", sagte Zeno entschlossen. „Ich wag's. Morgen Mittag, wenn Frau Pelagia schläft. Ich trage die Katze in ihrem Körbchen herüber. Aber du darfst sie nur eben ansehen, und dann laufe ich eilends wieder zurück."

„Schön", sagt Oswald zufrieden. „Und nachher könnt ihr dann mein Geheimnis sehen!"

ICH WAR STARR VOR VERWUNDERUNG, dass Zeno das wagen wollte, aber das war seine Sache, und am nächsten Tag wartete ich auf das verabredete Zeichen. Etwa eine Stunde nach dem Mittagsmahl hörte ich Zeno im Hof pfeifen — und da stand er auch schon, etwas erhitzt und aufgeregt, das verschlossene Körbchen im Arm, und wir eilten durch die mittäglich stille Goldschmiedgasse auf den Kirchenplatz, als ob der böse Feind hinter uns her sei.

Oswald sah uns schon von weitem und winkte uns auf einen von Steinhaufen und Bauhölzern eingeschlossenen Platz. Dort kniete Zeno nieder und öffnete vorsichtig das Körbchen.

Die weiße Katze lag träge auf ihrem Kissen und öffnete blinzelnd die Augen. Der alte Oswald war außer sich vor Bewunderung.

„Dieses feine, glatte, weiße Fell!", sagte er. „Diese bernsteingelben Augen! Und sie beißt nicht, wenn man sie berührt? Sie ist ganz zahm, sagst du?"

„Du darfst ihr übers Fell streichen", sagte Zeno großmütig und stellte das Körbchen auf die Erde.

Oswald beugte sich nieder und streichelte das Tierchen vorsichtig mit zwei ausgestreckten Fingern.

„Sie schnurrt nicht!", sagte Zeno. „Sonst tut sie's immer, wenn man sie streichelt."

Nein, die Katze schien die Hand Oswalds gar nicht zu beachten. Sie schnupperte aufgeregt, die Ohren zuckten, das Fell sträubte sich — und plötzlich, mit einem geschmeidigen, unvorhergesehenen Satz war sie unter Oswalds Fingern über den Rand des Körbchens gesprungen und im gleichen Augenblick auch schon hinter den Steinen verschwunden.

Zeno und ich, wir schrien auf vor Schrecken. „Lourion! Lourion!"

Der alte Oswald war ganz grau im Gesicht und nicht bloß vom Marmorstaub. „Leise!", stammelte er.

„Wir dürfen sie nicht scheu machen, ihr dürft nicht schreien. Ganz leise soll Bertl links hinübergehen, Zeno nach rechts und ich will die Mitte halten. Dann werden wir das Tier schon wieder einfangen. Habt keine Angst." Aber er hatte womöglich noch mehr Angst als wir, man sah's ihm an.

Wir also schleichen, der eine links, der andre rechts, um die Steinhaufen ... Nichts zu sehen von Lourion! — Himmel, wenn wir sie nicht wiederfinden! Was wollten wir dann tun? Wir schauen hinter jeden Stein, wir ziehen unseren Kreis vorsichtig immer größer, Zeno, das Körbchen am Arm, ist aschfahl und dem Oswald zittern die Knie, sodass er sich auf einen Marmorblock setzen muss.

„Ich leichtsinniger alter Esel", sagt er, „ich bin schuld. Und wenn ich nun den Rest meines Lebens dafür arbeite, werde ich dieses kostbare Tier nicht ersetzen können!"

„Schuld bin ich allein", widerspricht Zeno. „Mir war es anvertraut ..."

Da seh' ich etwas Weißes ... Weit vor mir, weit ... Drüben, am Eingang der Goldschmiedgasse ... „Lourion!", schrei' ich. „Dort ist sie! Dort!" Und ich fange an zu laufen ...

„Vorsichtig!", keucht Oswald hinter mir. „Vorsichtig! Nicht erschrecken! Sie läuft uns sonst davon!"

Ich renne und springe über die Steine. Vorsicht! Was hilft jetzt Vorsicht! Vor allem darf ich das Tier nicht aus den Augen verlieren. Aber als ich nur noch wenige Schritte hinter der Katze bin, halte ich an. Denn es ist offensichtlich, dass das kleine Tier nicht im mindesten scheu oder erschreckt ist, sondern dass es ruhig und zielbewusst seinen Weg verfolgt, den Schweif hocherhoben und den Kopf ein wenig in den Nacken gelegt. Was trägt es denn nur im Maul? Das ist doch ... Ja, das ist doch eine tote Maus! Während wir Lourion suchten, hat sie eine Maus erjagt! Sie frisst also doch nicht nur Fische! Aber wo will sie denn damit hin?

„Zeno!", sag ich, „Lourion ist ja viel klüger als wir dachten! Lourion geht heim an den Hof!"

Und nun ist es gerade die Stunde, in der die Läden der Goldschmiede sich wieder öffnen und von überall hört man Rufe: „Seht, da geht das neue Schoßtier der Herzogin Theodora! Die zahme Katze!"

„Wie heißt sie? Lourion?"

„Ach was, wir Wiener nennen sie Luri! Platz für Luri! Platz für die Katze der Herzogin!"

Das kleine Tier geht stolz und unbeirrt seines Weges, die Beute zwischen den Zähnen; wir drei, Oswald, Zeno und ich, laufen hinterdrein wie eine Leibwache, und so ziehen wir in den Hof ein.

Erst als die Tür hinter uns geschlossen ist, gelingt es Zeno, die Katze zu fangen und wieder im Körbchen zu verwahren.

„Die Maus musst du ihr lassen", sagt Oswald, noch sehr erschöpft von der ausgestandenen Angst. „Und ich glaube, es wäre gar nicht nötig, sie so ängstlich eingeschlossen zu halten. Sie weiß ganz genau, wo sie zu Hause ist."

ALS DIE DÄMMERUNG KAM und die Steinmetze mit der Arbeit aufhörten, liefen wir wieder hinüber, Zeno und ich. Der alte Oswald räumte gerade sein Handwerkszeug in eine alte Ledertasche, und als er uns kommen sah, blinzelte er uns bedeutsam zu, wir müssten warten, bis der Platz leer sei.

Wir setzten uns also auf einen der Marmorblöcke und sahen zu, wie die letzten Sonnenstrahlen in den beiden Türmen links und rechts vom Tor höher kletterten, wie die anderen Arbeiter ihr Gerät zusammenlegten und einer nach dem anderen in den engen Gassen der Stadt verschwand, und wie schließlich der Baumeister mit einem großen Schlüssel die Bauhütte abschloss und sein Pferd bestieg; er wohnte weit außerhalb der Stadt in dem Dorf Währing; ich wusste das, weil ich einmal eine Botschaft hatte hinausbringen müssen.

Endlich wurde es einsam um uns; unter dem Holunderbusch zirpte ein Grillchen, und in dem großen Eschenbaum, der drüben im Friedhof, gegen die Kärntnerstraße zu, steht, begann ein Käuzchen zu schreien. Oswald hatte ein kleines Öllämpchen zur Hand; uns gab er einige Kerzen aus seinem Ranzen. „So", sagte er. „Wir zünden sie aber erst unten an; es braucht uns niemand zu sehen."

Er ging voran. Jenseits des Holunderbusches lag ein Stapel großer Marmorquadern, der sich an die Ostwand der Kirche lehnte. Daran schloss sich ein flacher Erdhügel, wie deren mehrere aufgeworfen worden waren, als man die Grundmauern der Kirche legte. Freilich fiel mir auf, dass auf ihm einige alte Fliederbüsche standen — also war es vielleicht ein alter Grabhügel, den die Bauleute unangetastet gelassen hatten. Der Alte wies auf einige Steinplatten, die ins Erdreich eingebettet lagen, als habe man sie beim Bau nicht verwenden können, nachlässig zur Seite geschafft und dann vergessen.

„Die müssen weg!", sagte Oswald. „Fasst an!"

Wir bückten uns, hoben, schoben und sahen nun freilich, dass diese Steine locker lagen und vor kurzem erst hierher gelegt worden waren. Und da: dicht unter den Wurzeln der Fliedersträuche zeigte sich ein schwarzes Loch.

„Seht ihr!", sagte Oswald stolz. „Seht ihr wohl! Wenn ihr nun diese beiden Steine noch zur Seite schafft, dann können wir bequem hineinsteigen. Oben ist das Loch eng, aber unten ist eine geräumige kleine Kammer."

Wir arbeiteten mit Feuereifer; in ein paar Minuten hatten wir das Loch freigelegt. Oswald zwängte sich als erster, die Beine voran, durch den engen Eingang, dann folgte Zeno, und ich machte den Beschluss. Oswald schlug mit einem stählernen Meißel gegen einen Feuerstein und zündete am Funken sein kleines Öllämpchen an und an diesem wieder unsere Kerzen. Dann schauten wir uns um.

Wir standen in einer kleinen, ausgemauerten Kammer, von der aus ein Gang ursprünglich schräg nach abwärts geführt hatte; der aber war eingefallen und verschüttet. In einer Ecke lagen einige ausgebleichte Knochen, in der anderen war eine Nische in die Wand gehauen. Mir war nicht sehr behaglich zumute. Konnte man denn wissen, ob nicht böse Geister hier wohnten? Ob nicht plötzlich die Wand sich spalten und irgendein furchterregendes Gespenst sich zeigen konnte?

„Gehen wir lieber!", drängte ich.

Oswald lachte. „Hast gar Angst, Bub?"

Das wollte ich natürlich nicht zugeben. „Ich denke, es ist spät und wir müssen heim."

Oswald nickte. „Ist ja auch wirklich nicht viel zu sehen hier. Ich hab' mich schon umgeguckt. Es liegt kein Schatz da. Das ist das Einzige, was ich gefunden habe."

Er suchte in seiner Tasche und brachte einen flachen blauen Stein hervor, in den seltsame Zeichen eingeschnitten waren.

„Ein Zauber!", sagte ich.

„Weiß nicht", antwortete er. „Ich kann's nicht deuten. Vielleicht, wenn man dort im losen Erdreich grübe, fände man noch etwas dergleichen. Ihr könntet ja ein andermal nachsuchen, wenn ihr wollt. Jetzt aber kommt!"

„Ich will's aber gleich untersuchen!", sagte Zeno, stellte seine Kerze auf einen Stein und begann, mit bloßen Händen zu graben.

„Lass doch!", drängte Oswald. „Ich muss heim. Meine Hauswirtin in der Bognergasse versperrt das Tor, sobald es finster ist. Mein Versprechen hab' ich euch gehalten. Ihr könnt ja morgen wiederkommen."

Aber davon wollte Zeno nichts wissen. „Geht doch heim, wenn ihr wollt! Bertl und ich, wir suchen und graben noch, solange unsere Kerzen brennen, ja, Bertl?"

„Und wenn ein Gespenst sich zeigt —?"

„Unsinn!", sagte Zeno ungeduldig. „Es gibt gar keine Gespenster! Und überdies: da — schau! Was ist das?"

Er wies auf eine Steinplatte, die in der Wand einge- lassen war und die ein eingemeißeltes Kreuz trug. „Ein Kreuz, siehst du? Wir stehen auf geweihtem Grund, da gibt es keine Gespenster. Da, was ist das? Eine In- schrift! Komm her, leuchte mir! Ich muss sehen, ob ich sie entziffern kann!"

„Schön", sagte Oswald. „Treibt euch hier herum, so- lange ihr, wollt. Ich jedenfalls muss gehen und ich rate euch, das auch zu tun. Wenn auch ein Kreuz da ist, das euch schützt, so wird es doch Nacht, und die Nacht ist zum Schlafen da. Aber ich hätte es mir ja denken kön- nen! Ein altes Loch wie dieses da, ist das Richtige für euch zwei ..." Er lachte vor sich hin und arbeitete sich mit einiger Mühe aus dem Loch heraus.

Zeno sah gar nicht hin, und auch meine schüch- ternen Einwendungen kümmerten ihn nicht. „Der Tür- steher am Hof kennt mich und lässt mich jederzeit ein", sagte er. „Und du kommst auch noch früh genug in den Stall. Ich will nicht warten, ich will das gleich sehen — da, komm ein bisschen weiter herüber mit deiner Ker- ze. Dachte ich es nicht! Das ist eine lateinische Inschrift, eine Grabschrift ... Publius Aufer, miles ..."

„Ich kann nicht Latein", sagte ich ein wenig ver- drossen.

Zeno fuhr deutsch fort: „Soldat der vierten Kohorte der vierzehnten Legion. Zur Zeit des Kaisers Marc Aurel, weißt du, sind hier in Wien römische Soldaten gewesen und viele von ihnen mögen schon Christen ge- wesen sein ..."

Ich tat, als sei mir das ebenso wichtig wie ihm, aber im Grunde verstand ich nichts davon. Römische Soldaten? Marc Aurel? Nie gehört. Was dieser Zeno alles wusste! Und Latein kannte er offenbar so gut wie der Hofkaplan. Ich beugte mich vor, ihm zu helfen, die Erde von dem unteren Teil der Schrift wegzukratzen; da bemerkte ich, dass die Flamme meiner Kerze auf einmal fast waagrecht stand. „Sonderbar, dass hier ein so starker Luftzug weht", sagte ich. „Die Kammer muss noch einen Ausgang haben."

Zeno hörte mir nicht zu. Er hatte wieder zwei Worte entziffert. „Gefallen im Kampfe gegen ..."

„Die Luft strömt gegen den Grund des Ganges ..."

„Ist doch alles verschüttet. Vielleicht ein Mauseloch ...", erwidert Zeno gleichgültig. „Gefallen im Kampf gegen das Volk der Quaden ..."

— Da höre ich einen Schritt ...

Der Schritt klingt, als trete ein schwerer Fuß dicht neben mir auf einen harten Stein und gleite davon ab. Ein halblauter Fluch tönt gleichsam dicht neben meinem Ohr. Ich fahre erschrocken herum ... aber da ist niemand!

Auch Zeno ist erschrocken, springt auf und will einen Ruf ausstoßen. Gerade noch rechtzeitig lege ich ihm die Hand auf den Mund. Seine hastige Bewegung hat seine Kerze gelöscht; nun blase ich auch die meine aus.

„Bist du verrückt?", flüstert er.

Ich nehme seine Hand und deute damit zum Ausgang. Das Loch, durch das wir herein gerutscht sind, zeichnet sich als heller Fleck in der dunklen Wand ab; den Ausgang finden wir also notfalls auch im Finstern. Mag da neben oder über uns ein Mensch oder ein Gespenst sein — vielleicht ist es besser, wenn wir unbemerkt bleiben. Zeno drückt mir die Hand; er hat mich verstanden, und lauscht nun ebenso reglos wie ich. Über uns ein ärgerliches Keuchen; einige Steine rollen, uns ist, als ob sie uns auf die Köpfe fallen müssten. Dann eine Stimme, gleichsam dicht an meinem Ohr: „Nun also, wenigstens seid Ihr pünktlich!"

Der Luftzug!, denke ich. Irgendwo muss da ein Loch sein, eine Verbindung nach oben, die wir nicht gesehen haben. Sie mündet vermutlich unter dem Steinhaufen, und der Schall dringt verstärkt herab ... Es ist wie im Weinkeller im Hof: wenn man an einer bestimmten Stelle steht, hört man jedes noch so leise Wort, das auf der Stiege gesprochen wird. Ich weiß nicht, wie das zugeht, niemand konnte es mir erklären, aber wir haben es oft zum Scherz probiert.

Ich höre ein Rauschen wie von Frauenkleidern. „Ich bin immer pünktlich", sagt eine weibliche Stimme. „Aber Ihr hättet auch einen besseren Treffpunkt wählen können als diesen Bauplatz, der bei Nacht so unheimlich ist."

Ein Lachen. „Wieso unheimlich?" Nun ist es ein Mann, der spricht.

„Steht doch eine geweihte Kirche da!"

„Mir war so, als hätte ich vorhin ein fahles, gelbliches Licht unter den Steinen hervorschimmern gesehen!", sagt die Frau.

Das war der Schein unserer Kerzen gewesen. Ich hatte also recht gehabt — da war irgendwo noch eine zweite Verbindung zur Oberwelt.

„Unsinn", erwiderte die Männerstimme. „Ich sehe

nichts von einem Licht, und es ist keine Menschenseele in der Nähe."

„Hoffentlich nicht."

„Möchte es keinem raten. Ehe ich mich da mit Euch sehen lasse ..." Er hielt inne.

„Was könntet Ihr denn dagegen tun?"

„Oh, es gibt allerlei Unfälle", sagte der Mann nachlässig. „Wenn einer allzu neugierig ist, kann er leicht über die Steine fallen und sich den Hals brechen. Kann auch mit einem Messer im Leib gefunden werden — wer will nachher sagen, welche Schlägerei daran schuld war?"

Wir wagten kaum zu atmen. Dennoch, trotz aller Angst, fiel mir auf, dass mir die Stimme bekannt klang. Ganz gewiss, ich hatte sie schon gehört ...

„Aber es ist niemand da — höchstens eine Maus könnte sich hier zwischen den Steinen verstecken. Nun, was habt Ihr mir zu berichten?"

„Ihr habt mir Geld versprochen!"

„Natürlich habe ich Euch Geld versprochen, und Ihr werdet es auch bekommen, sobald unser Unternehmen geglückt ist. Jetzt habe ich aber selbst nichts andres als Schulden ... Es hängt ja alles von Euch ab! Wenn Ihr nur ein bisschen geschickter wäret, Ihr hättet schon längst einen günstigen Augenblick finden können!"

„Ich kann nichts dafür, dass diese griechischen Gesandten und auch noch die beiden Bischöfe gerade jetzt gekommen sind! Am Hof geht es zu wie in einem Bienenschwarm ..."

„Der Herzog und ein großer Teil der Herren sind doch heute Morgen auf die Jagd geritten!"

„Sind ihrer aber noch genug zurückgeblieben. — Übrigens, wieso seid Ihr eigentlich da? Ich sah Euch doch fortreiten? Ich war sehr überrascht, als ich Eure Botschaft bekam."

Der Mann lachte. „Mein Pferd lahmte. Ich hab es in den letzten Tagen im Regen zu sehr angestrengt. Man hätte mir wohl ein anderes gegeben, aber ich gab vor, dass ich selbst es schonend zurückreiten wolle und dass die Sorge um das kranke Pferd mir die Freude an der Jagd verderbe. Der Herzog, der einmal wegen eines kranken Hundes drei Nächte lang gewacht hat, hat mir das geglaubt."

Ich hätte beinahe aufgeschrien. Der Seckauer! Ganz gewiss war es der Seckauer! Kein andrer Herr vom Hof hatte sein Pferd während des Regens überanstrengt ... Und mittags, als wir mit Lourion und ihrer Maus unseren Einzug gehalten hatten, da hatte gerade ein Knappe den braunen Hengst des Seckauers in den Stall geführt und ich hatte gesehen, dass er am rechten Hinterfuß lahmte ...

„Es wäre überhaupt besser, wenn Euch ein andrer Plan einfiele!", sagte die Frau.

„Zum Teufel mit Euren Bedenken. Der Plan ist gut, und wir werden ihn ausführen, und wenn wir noch wochenlang auf die richtige Stunde warten müssten! Ihr werdet sehen, wie leicht wir dann mit dem Markgrafen verhandeln werden und wie mühelos uns das Geld in die Tasche fließen wird ..."

„Der Herzog, sag' ich Euch..."

„Für mich ist er Markgraf von Österreich und nichts andres. Der rechtmäßige Bayernherzog ist der junge

Welf, mein Vetter, und es ist eine wahre Schande, dass der Markgraf das nicht akzeptieren will."

„Ich verstehe nichts davon", sagte die Frau. „Aber Ihr versprecht mir noch einmal, dass dem Kind nichts geschehen wird."

„Seid nicht so töricht!", fuhr der Seckauer sie an. „Nur ein lebendes Kind hat seinen Preis. Ich habe mir gedacht, dass wir vielleicht schon in dieser Woche etwas unternehmen können."

„Nein, o nein!", rief die Frau. „Das ist ganz unmöglich! Ich ..."

„Gut", unterbrach sie der Mann. „Ich wollte nur nichts versäumen. Vielleicht ist es auch besser, wir schieben es noch etwas auf — nicht zu lange, versteht sich, aber eine kleine Weile. Ich muss auch noch etliche Vorbereitungen treffen wegen des Transportes."

„Und was wird nachher aus mir?", fragte die Frau ängstlich.

„Ihr geht mit. Was denkt Ihr denn? Wenn ich Euch hier ließe, wäre ich keine Sekunde sicher vor Verrat."

„Ich verrate Euch ja jetzt auch nicht!"

Der Mann lachte. „Vorerst habe ich Euch noch in der Hand und mir könnt Ihr nichts nachweisen — und man wird mir auch nie etwas nachweisen können, dafür will ich schon sorgen. — Geht, geht, wir wollen uns nicht streiten; es ist unser beider Vorteil, wenn wir uns vertragen. Also gebt mir Nachricht, wenn sich eine Möglichkeit findet ..."

„Wieder hier?"

Er knurrte. „Unvernünftiges Weib! Niemals zweimal am selben Ort. Das nächste Mal bei den Schotten.

— So, und nun geht. Ich warte noch ein Weilchen hier, damit man uns nicht beisammen sieht."

Wir hörten die Schritte der Frau, die sich entfernten. Der Mann pfiff leise vor sich hin und schlug mit einer Gerte auf seine Stiefel. Dann stand er offenbar auf und ging langsam hin und her wie einer, der auf einem Abendspaziergang den Mond und die Sterne betrachten will. Wie oft hofften wir, er werde endlich gehen — und immer wieder kehrte er um und wir hörten seinen schweren Tritt dicht über unseren Köpfen.

Endlich, nach einer Zeit, die uns eine halbe Ewigkeit schien, kamen die Schritte nicht mehr zurück. Ich wagte mich leise und vorsichtig an das Eingangsloch, schob mich langsam hinaus und segnete den Fliederbusch, der das Loch verbarg. Zwischen den Blättern versteckt spähte ich umher. Der Platz war menschenleer; nichts ließ sich hören als ab und zu der Ruf des Käuzchens. Ich stemmte mich vollends aus dem Loch, kroch sogleich in den tiefsten Schatten und verharrte eine lange Weile reglos. Nichts rührte sich.

„Komm! Er ist nicht mehr da!", rief ich leise hinab. In einigen Sekunden war Zeno neben mir.

„Wir laufen nach Hause", flüsterte ich. „Und zwar auf verschiedenen Wegen. Und wir sagen zu niemandem ein Wort von dem, was wir gehört haben, ehe wir nicht miteinander alles in Ruhe durchgesprochen haben — einverstanden?"

Zeno nickte. „Ich komme morgen zu dir in den Stall, sobald ich dienstfrei bin", sagte er. „Und nun warte, bis du mich nicht mehr siehst — dann erst geh du!"

Lautlos erhob er sich und glitt hinter die Steine. Dann sah ich seinen schmalen, dunklen Schatten am Tor des Domes vorbeilaufen und rasch verschwinden. Nach einigen Minuten stand auch ich auf und schlenderte gemächlich dem Hof zu. Es musste schon nahe auf Mitternacht sein.

AM NÄCHSTEN TAG hat der Christoph mich kaum angeblickt, während wir die Pferde fütterten und striegelten, und ich habe wohl bemerken müssen, dass er mir böse war. Erst nach dem Frühstück hat er mit mir gesprochen und mich gefragt, wo ich gewesen sei.

Nun, das habe ich ihm nicht sagen können, weil ich es doch mit dem Zeno so abgesprochen hatte — und außerdem hatte ich Angst, dass der Seckauer es erfahren könnte, denn der Christoph hatte seine Frage am Gesindetisch gestellt und der Knecht des Seckauers saß nicht weit von uns entfernt und hätte die Antwort gehört.

Ich schweige also erst und sage dann nur, dass ich nichts Schlechtes getan hätte.

Da wird der Christoph traurig und sagt, er habe sich so viele Jahre lang bemüht, mir Vater und Mutter zu ersetzen und nun hätte ich doch kein richtiges Vertrauen zu ihm und man könne eben von Kindern keinen Dank ernten.

Das hat mir wehgetan, aber ich habe es nicht ändern können, und die Knechte haben dumme Scherze gemacht und gemeint, ich hätte gewiss nachts in der Bäckerstraße Brot gestohlen, weil das Brot aus der Hofküche mir nicht gut genug sei.

Beim Hinausgehen habe ich dem Christoph zugeflüstert, dass er der Erste unter allen Menschen sei, dem ich erzählen würde, was ich in der Nacht erlebt hätte, aber ich hätte versprochen, vorerst darüber zu schweigen. Da hat er mich wieder traurig angesehen und hat gemeint, ich sei wohl — mit oder ohne mein Verschulden — in eine üble Sache geraten und ich solle vielleicht mit dem Herrn Kaplan darüber reden oder mit einem der Schottenmönche, die vor kurzem aus der Stadt Regensburg nach Wien gekommen waren. Aber das habe ich ja auch nicht tun können.

Zu Mittag gab es eine große Aufregung am Hof, weil die Katze der Herzogin sich durchaus nicht mehr im Zimmer halten lassen wollte. Sie sprang gegen die Türen — Zeno hat es mir später beschrieben — und miaute so kläglich, dass man ihr schließlich nachgab und die Türen öffnete. Lourion war hierauf zielbewusst über die Stufen herab und geradewegs zum Kirchenplatz gelaufen, gefolgt von allen Kammerfrauen, die den Platz rings umstellten, damit Luri nicht verlorengehe. Luri aber hatte sich nur wieder eine Maus holen wollen — offenbar gab es dort zwischen Steinen und Gebüsch ein herrliches Jagdgebiet — und nach kurzer Zeit kehrte sie mit ihrer Beute zwischen den Zähnen freiwillig wieder heim, um die Maus zu Füßen der Herzogin zu verspeisen.

„Nun wird Luri wohl nicht verhungern, wenn die Donaufischer einmal versagen", meinte ich. „Mäuse wird es in Wien immer geben!" Und natürlich sprach ich nicht davon, dass Zeno, ich und der neugierige alte Oswald an Luris erstem Ausflug schuld trugen.

AM SPÄTEN NACHMITTAG kam Zeno in den Stall herab, wartete, bis ich mit meinen Pflichten zu Ende war und kroch dann mit mir in meinen Verschlag. Es ist behaglich dort. Das Heu ist weich und duftet, und wenn ich ein loses Brett am Boden verschiebe, sehe ich gerade auf den Stand des Plaiener Schimmels hinab und sehe auch noch den Kopf von des Seckauers Braunem. Der warme Dunst vom Stall kommt herauf, den ich so gern rieche, und es ist auch ein guter Ort, wenn man nicht belauscht werden will, denn durch die Astlöcher der Bretterwände kann man in die anschließenden Verschläge blicken, und die Leitersprossen, die vom Stall auf den Heuboden führen, knarren bei jeder Belastung, so dass einen niemand überraschen kann. Der Zeno macht sich aus Heu und Stroh einen bequemen Sitz zurecht — er ist gar nicht ungeschickt dazu, wenn man bedenkt, dass er nicht in einem Pferdestall aufgewachsen ist — und fragt: „Nun also: hast du schon herausbekommen, wessen Pferd es ist, das gelahmt hat?"

„Das wusste ich schon gestern", sagte ich, schob das Brett beiseite und zeige ihm den Braunen, der vor seiner Krippe steht und sich gerade ein Maul voll Heu aus der Raufe langt. „Da steht es. Und gehört dem Seckauer Vogt."

Zeno schließt halb die Augen und pfeift durch die Zähne. „So? Der Seckauer Vogt? Nun, das ist immerhin etwas. Aber kannst du dir sonst einen Reim machen auf das, was wir gehört haben?"

„Nein", sag' ich. „Ich versteh nichts anderes, als dass der Seckauer durch irgendein unsauberes Geschäft, von dem keiner erfahren darf, zu Geld kommen will — und diese griechische Frau ebenfalls."

„Woher willst du wissen, dass sie eine Griechin ist?", fährt Zeno auf.

„Sie hat gut Deutsch gesprochen, so, als ob sie es gewohnt sei — aber doch nicht so gut wie eine Einheimische."

„Nun, das kannst du besser beurteilen als ich."

„Eben. Vielleicht ist sie unter jenen zu suchen, die schon vor Jahren mit der Herzogin nach Österreich gekommen sind."

„Da kommen immer noch sieben oder acht in Frage."

Eine Weile überlegten wir schweigend. Dann warf sich Zeno ins Heu zurück, sein Gesicht war rot vor Aufregung und Zorn. „Da wäre nun vielleicht eine Gelegenheit sich auszuzeichnen, etwas Großes zu tun. Etwas, was es einem ermöglichen könnte, nachher zu sagen: Frau Herzogin, nun habe ich einen Wunsch frei: lasst mich heimkehren nach Konstantinopel!"

„Oder —", fiel ich ein: „Herr Herzog, ich möchte nicht allezeit ein Stallbursche bleiben, ich möchte Anteil haben am ritterlichen Leben wie einst mein Vater ..."

„So?", sagt Zeno und schaut mich aus den Augenwinkeln an. „So steht es mit dir? Nun, da wissen wir ja beide, was wir wollen. Bloß, wie wir es erreichen sollen, das wissen wir nicht." Er runzelte die Stirne.

„Was haben sie nur etwa mit dem Kind vor?"

„Ob einer der beiden kleinen Prinzen damit gemeint ist?"

Wieder dachten wir eine Weile nach. Dann sagte

ich: „Ich fürchte, Zeno, wir sind zu dieser Sache nicht klug genug. Wie wäre es, wenn wir jemand anderen ins Vertrauen zögen?"

„Wen denn? Dein alter Christoph oder Oswald sind, fürchte ich, auch nicht viel klüger als wir!"

Ich schaute hinab auf den Schimmel, der sich friedlich mit seinem Hafer beschäftigte und dachte an dessen Herrn. „Herr Suitold von Plaien", sagte ich, „war immer sehr freundlich zu mir. Und dem Seckauer Vogt ist er Feind, das weiß jeder ... Oder wir könnten versuchen, mit dem Freisinger Bischof zu sprechen.

„Und dann wollen wir ihnen sagen, dass wir auf dem Friedhof von Sankt Stephan heimlich ein Gespräch belauscht haben zwischen einem Mann und einer Frau, die wir beide nicht gesehen haben. Dass wir vermuten, der Mann sei Ottokar von Seckau gewesen ... Dass die Rede war von einem Kind, von Geld — und von der Abtretung Bayerns, von der ohnehin jedermann spricht ... Weißt du, was sie dann tun werden, der Herr von Plaien ebenso wie der Freisinger?"

Ich antwortete nicht.

„Auslachen werden sie uns", sagte Zeno. „Nein, mein Lieber, wir müssen schon etwas mehr wissen, ehe wir mit anderen davon reden ... Hast du dir gemerkt, wo sie einander das nächste Mal treffen wollen?"

„Bei den Schotten!"

„Ja, bei den Schotten. Und ich habe mir die ganze Nacht darüber den Kopf zerbrochen, wie wir es anstellen könnten, da wieder zuzuhören."

„Zeno, wir sollten lieber froh sein, dass uns diese Dinge nichts angehen!"

Zeno schaute mich mit zornfunkelnden Augen an. „So? Kümmert uns das nicht? Dann freilich, wenn du so denkst, wirst du dein ganzes Leben lang Pferdebursche bleiben."

Nun, das wollte ich mir auch nicht sagen lassen. „Gut", sagte ich, „wenn du meinst, dass wir unsere Nase da hineinstecken sollen — ich bin dabei. Und was die Schotten anbelangt, so habe ich einen Einfall."

„Lass hören!", sagte er ein wenig von oben herab.

Die schottischen Mönche waren erst vor kurzem aus einem Regensburger Kloster nach Wien berufen worden. Nahe der Stadtmauer hatte der Herzog ihnen ein Stück Grund und Boden überlassen, darauf hatten sie ein Kloster zu bauen begonnen. Es ging langsam voran, sie taten das meiste mit ihrer eigenen Hände Arbeit, und weil die Klosterküche noch immer nicht fertig war, so schickte ihnen der Herzog jeden Mittag zwei Körbe mit Speisen durch zwei der Küchenburschen.

Dieses Geschäft war sehr unbeliebt, weil die Wiener — sobald sie die Speisenträger erblickten — ihnen neugierig nachliefen und die Deckel von den Körben und Schüsseln hoben, um zu sehen, was man in der Hofküche für die Mönche zubereitet habe. Oftmals konnten sie sich der Neugierigen kaum erwehren.

„Bei den Schotten—", wiederholte ich. „Das glaubst du doch auch nicht, dass der Abt oder einer der frommen Väter mit dieser dunklen Sache etwas zu tun hat."

„Natürlich nicht!"

„Es könnte also vielleicht bei einem der Knechte etwas herauszukriegen sein, die der Herzog den Mönchen zur Verfügung gestellt hat. Ich werde mich einmal für einige Zeit als Speisenträger anbieten."

„Fein! Und ich werde auch mitgehen!"

„Das geht nicht!", widersprach ich. „Du bist ein Page der Herzogin!"

„Du wirst schon sehen, dass es geht", sagte er mit spitzbübischem Lachen. „Ich weiß schon, was ich tu!" — Mehr war von ihm nicht zu erfahren.

ICH ALSO TRIEB MICH GEGEN MITTAG in der Hofküche herum, bis es dem Oberkoch auffiel und er mich fragte: „Hast denn nichts zu tun, Bub?" Nein, sag' ich. Die Herren seien auf der Jagd, die meisten Pferde fort, die Arbeit im Stall sei getan. Ob vielleicht irgendein Botenweg zu tun sei?

Kommt der Frieder gelaufen, ganz wie ich's erwartet habe, sagt, er sei mit dem Geschirrspülen ohnehin noch nicht fertig, ob ich nicht an seiner Stelle das Mittagsmahl zu den Schotten hinübertragen wolle. Ich zier' mich ein bisschen, damit es nicht auffällt, aber ich hab' dabei schon den Korbhenkel am Arm und lasse mir die Schüssel mit dem Braten hineinpacken und der Sigmund, der zweite Essenträger, ärgert sich über den Frieder, weil der in mir einen Ersatzmann gefunden hatte, ehe der Sigmund nur begriffen hatte, um was es ging.

Er lässt sich also auch seinen Korb anfüllen, und dann geht's zum Tor hinaus, der Sigmund mit dem schwereren Korb voraus und ich dicht hinter ihm. Und so wie jeden Tag laufen die Kinder zusammen — und nicht nur die Kinder allein! „Was kriegen die Schotten heute zu essen?", rufen sie. „Was gibt es heute in der Hofküche?" und einige der Frechsten versuchen gar, den Deckel des Korbes, den ich trage, zu heben und hinein zu schauen. Dem Sigmund geht es nicht besser und wir sind beide wehrlos, man kann sich nicht prügeln, wenn man einen schweren Korb am Arm trägt. Den Korb wegzustellen wagt auch keiner von uns, wer weiß, was die Gassenjungen damit anstellen würden; vermutlich kämen die Mönche dann um ihr Mittagessen.

Wir gehen also weiter, antworten nicht auf die Neckereien und sehen zu, möglichst rasch vorwärtszukommen. Da, wie wir gerade die Brücke über den tiefen Graben überschreiten, wen sehe ich da? Zeno, in seinem schönsten Pagengewand aus kirschrotem Brokat, ein schwarzes Barett mit einer Falkenfeder auf den braunen Locken. Er trägt ein Messband in der Hand und geht hoheitsvoll an mir und an Sigmund vorüber, als kenne er uns nicht. Nun, ich werde wohl erfahren, was er sich da ausgedacht hat.

Wir kommen also ins Schottenkloster, das künftige Refektorium wird gerade erst getüncht und in der Küche ist man noch dabei, den Herd aufzumauern. Daneben, in einem Raum, der vermutlich später einmal eine Speisekammer sein wird, stehen Bänke und rohgezimmerte Tische mit etlichem Geschirr darauf und der Vater Wirtschafter nimmt uns die Körbe ab und packt die Speisen aus.

Ich sehe mich überall um und überlege, wo etwa der Seckauer diese rätselhafte Frau treffen könnte ... In ein Männerkloster haben doch Frauen keinen Zutritt. Während ich das noch überlege, kommt Zeno herein und bittet um den Kirchenschlüssel, der Bruder Pförtner habe ihn hierher verwiesen.

„Wozu brauchst du den Kirchenschlüssel?", fragt der Mönch. „Wir haben zugeschlossen, weil noch allerlei Gerät darin umherliegt — nichts ist fertig."

„Mich sendet die Frau Herzogin", sagt Zeno. „Sie arbeitet mit ihren Frauen an einer Decke für den Altar und ich soll die Maße noch einmal nachprüfen."

„Ich habe die Maße ja schon genau angegeben", meint der Vater Wirtschafter befremdet.

„Die Frau Herzogin befürchtet, dass ein Irrtum unterlaufen ist", sagt Zeno. „Wenn dieser Junge da —", er deutet auf mich — „mir helfen könnte, das Messband zu halten, so hätten wir's in wenigen Minuten nachgemessen."

Der Mönch löste kopfschüttelnd den Schlüssel von seinem Bund. Zeno nahm ihn entgegen und wir liefen quer über den Hof auf die Kirche zu.

„Wie hast du das gemacht?", flüsterte ich.

Zeno lachte. „Ich habe immer wieder mit zweifelnder Miene die Decke betrachtet und immer wieder gesagt, dass sie ganz gewiss zu schmal geraten sei, sodass sie mich schließlich selbst baten, doch noch einmal nachzumessen. Und die Kirche, weißt du, scheint mir hier der wichtigste Ort zu sein."

Ich schaute ihn verständnislos an.

„Wo wollen sich ein Mann und eine Frau unauffällig treffen, wenn nicht hier?" Er sah sich um. „Freilich lassen sich hier nur wenige Worte im Vorübergehen wechseln. Aber was ist das dort drüben?"

Halb hinter einem Seitenaltar verborgen befand sich eine kleine Tür.

Wir liefen hin. „Hier vielleicht?", meinte Zeno.

Die Tür war unverschlossen. Sie führte zu einem kleinen Kämmerchen, dessen eine Wand völlig von einem großen Schrank eingenommen wurde. Auch dieser Schrank war nicht verschlossen, das heißt, es war ein breiter hölzerner Riegel daran befestigt, der offenbar nur einstweilen — bis ein Schloss angebracht wurde — die Tür verschlossen halten sollte.

Zeno schob diesen Riegel zurück. Im Schrank hingen einige Messgewänder und Vespermäntel, sorgsam in Leinentücher eingeschlagen, damit kein Staub auf die Stickerei falle. „Das wäre ein prächtiges Versteck!", meinte Zeno. „Wenn einer von uns beiden hier drinnen steckte, könnte er jedes Wort hören, das hier gesprochen wird!"

„Vorausgesetzt, dass hier überhaupt gesprochen wird", sagte ich spöttisch. „Und außerdem müssten wir wissen, wann eine solche Unterredung stattfinden soll!"

„Es handelt sich nur um eine Möglichkeit", erwiderte Zeno. „Es wird an uns liegen, diese Möglichkeit herauszufinden und auszunützen."

Darauf antwortete ich gar nicht, denn das schien mir einfach Unsinn. Ich schob den Riegel wieder vor und drängte Zeno in die Kirche zurück; ich wollte nicht gerne beim Herumstöbern angetroffen werden. Wir maßen rasch zum Schein den Altar nach — natürlich stimmten die früher angegebenen Maße — und sahen uns nochmals in der kleinen und noch sehr kahlen Kirche um.

„Vielleicht haben wir die beiden überhaupt falsch verstanden", sagte ich. Aber das wollte Zeno nicht wahrhaben.

ALS WIR ZURÜCKKEHRTEN, fanden wir den ganzen Hof in Aufruhr — oh, und in welchem Aufruhr!

Vor den Ställen waren hölzerne Schranken angebracht, an denen man die Pferde fremder Besucher anzuhängen pflegte, wenn es sich nicht lohnte, sie in den Stall zu führen; und auch unsere eigenen Pferde warteten dort oft auf ihre Reiter, wenn man uns befohlen hatte, sie zu satteln und die Herren sich Zeit ließen. Diese Schranken staken in runden, festen Pfählen von beträchtlicher Höhe — und was sah ich auf dem höchsten dieser Pfähle? Die Katze Lourion war es, die sich mit allen vier Pfötchen an das Holz klammerte, den Schwanz steif von sich gestreckt und jedes einzelne Haar ihres Fellchens gesträubt, sodass sie doppelt so groß aussah als sonst. Rings um diesen Pfahl waren alle Jagdhunde des Herzogs versammelt, wohl dreißig an der Zahl oder noch mehr, und alle bellten, knurrten, jaulten, sprangen übereinander und an dem Pfahl empor, glitten ab, fielen zu Boden und aufeinander und verursachten einen unbeschreiblichen Lärm.

Die Pferde, die man herausgeführt hatte — es waren ihrer sechs oder sieben — wurden natürlich von der Aufregung der Hunde angesteckt, rissen an den Zügeln, stiegen empor, und der Schimmel des Herrn von

Plaien — stets ein reizbares und unruhiges Tier — benahm sich, als wäre er von Sinnen und schlug nach allen Seiten aus, sodass sich niemand herantraute.

Luri, die Ursache all dieses Tobens, verharrte reglos auf der Spitze des Pfahles, auf den sie sich gerettet hatte, die Augen halb geschlossen, und nur an dem gesträubten Fell und an den ins Holz gekrampften Pfötchen erkannte man ihre Angst.

Ringsum standen die Stallburschen, die Pferdeknechte, die Hundewärter, die Knappen; über die Stiege herab rannten Pagen und Diener; Ritter folgten mit gezogener Waffe, ja sogar der Kaplan der Herzogin eilte herbei. Die Wächter auf den Zinnen hörten den Lärm und meinten nun, es sei ihre Pflicht, Alarm zu blasen.

Hätten sich plötzlich die wilden Ungarn vor den Toren der Stadt Wien gezeigt, der Lärm hätte nicht größer sein können.

Zu allem Überfluss kam nun noch Brun, der Lieblingshund des Herzogs, dem Plaiener Schimmel zu nahe und empfing von dem aufgeregten Pferd einen Hufschlag, der ihn bis in die Ecke des Hofes schleuderte, wo er aufheulend liegenblieb. In diesem Augenblick eilte auch der Herzog selbst die Treppe herab, stürzte auf den Hund zu, kniete neben ihm nieder und musste entdecken, dass Brun den Fuß gebrochen hatte!

Dass unser Herzog ein zorniges Gemüt hat, das wussten wir alle. „Wer immer daran schuld ist, dass der Hund zuschanden geschlagen wurde, der muss den Hof verlassen — und für immer!", schrie er.

Ja nun, wer war schuld? — Die Knechte des Herrn

von Plaien führten den vor Aufregung zitternden Schimmel in den Stall zurück, die Hundewärter zerrten die widerstrebenden Hunde in die Zwinger, der Hof leerte sich, wer irgend konnte, verschwand in den Ställen und Wirtschaftsräumen; keiner, und war er noch so unschuldig, wollte dem Herzog unter die Augen treten! Streng war er immer, aber im Zorn konnte er unberechenbar sein.

Wer war schuld? Der Hundewärter Lutz, der für Brun zu sorgen hatte, sah sich gewiss schon mit Schimpf und Schande aus dem Dienst gejagt. Da fiel sein Blick auf Luri, die noch immer still und verzweifelt auf der Spitze des Pfahles saß.

„Niemand andrer als dieses Teufelstier ist schuld!", schrie er. „Diese Katze Luri oder wie sie genannt wird! Dieses fremde Zaubertier hat Hunde und Pferde verrückt gemacht!"

Der Herzog hob den jammernden Hund auf seine Arme und warf einen zornigen Blick zu Lourion empor. „Wenn diese Bestie herunterkommt, wird sie eingefangen und in einen Käfig gesperrt!", verfügte er. „Wozu brauchen wir Katzen? Haben wir nicht genug an unseren Pferden und Hunden? Das will ich nicht ein zweites Mal erleben! — Richtet eine weiche Streu für den Hund! Und bringt mir Holz, damit ich das Bein schienen kann!"

Ich rannte in den Stall; neben dem Rotschimmel war ein Stand frei, da lag weiches Stroh; eine Pferdedecke war auch zur Hand. Christoph brachte Holz und Binden; der Herzog kniete neben den leise winselnden Brun hin und richtete mit großer Sorgfalt und Geduld das Bein ein; er verstand das gut, schon einmal hatte seine Geschicklichkeit einen verunglückten Hund gerettet.

Als alles getan war, stand er auf, klopfte die Spreu von seinen Kleidern und verließ den Stall. Ich schlich ihm nach.

Lourion saß noch immer reglos auf dem Pfahl, und wenn sie den zornigen Blick des Herzogs zu deuten verstand, dann muss ihr kleines Herz erzittert sein.

Arme Lourion, dachte ich. Zumindest um deine Freiheit ist es geschehen, wenn dir nicht noch Schlimmeres droht!

Ich sah mich nach Zeno um und wollte ihm raten, rasch die Herzogin von dem Unglück zu verständigen, damit sie beim Herzog für Lourion spreche, aber ich konnte ihn nirgends finden. Später erfuhr ich, dass er an diesem Abend, kaum dass wir von den Schotten zurückgekehrt waren, an den Alserbach hinausgeschickt worden war, für die Kammerfrauen Blumen zu holen.

Inzwischen versuchten etliche von uns, Lourion von dem Pfahl herunterzulocken, das aber gelang keinem. Man hätte mit Stangen und Haken vorgehen müssen und das wollte auch wieder niemand wagen. Vielleicht besänftigte sich der Zorn des Herzogs?

„Zur Nachtzeit, wenn sie hungrig ist, wird sie schon selbst herunterkommen", meinte Christoph. „Lasst sie in Ruhe, damit sie sich beruhigen kann!"

Wir gehen also in die Gesindestube zum Abendbrot und nachher in den Stall und ich bringe dem Brun einen feinen Knochen mit viel Fleisch daran, sodass er seine Schmerzen darüber vergisst.

Gerade als er fertig ist und sich die Lippen leckt vor Behagen und ich ihm sein Lager noch besser aufschütte, blicke ich zufällig zum Tor hin, wo die große Windlaterne vom Querbalken herabhängt. Und was sehe ich da auf dem schmalen Gang zwischen den Pferdeständen auf uns zukommen? Lourion!

Lourion mit hoch erhobenem Schweifchen und nun wieder ganz glatt anliegendem Fell; Lourion, als ob gar nichts geschehen wäre und als ob sie hier im Stall zu Hause wäre!

Der Christoph, der drüben frisches Heu aus der Luke wirft, schaut verdutzt, und Brun spitzt die Ohren und knurrt, und wenn sein Vorderlauf nicht gebrochen wäre, so wäre es wahrscheinlich um die Katze geschehen gewesen. So aber kommt Luri ruhig heran und ist sich anscheinend gar keiner Gefahr bewusst. Ich halte mich bereit, dazwischen zu springen und greife schon mit der einen Hand nach dem Halsband des Hundes.

Da kommt Lourion einfach herbei, springt mit einem zierlichen Satz zwischen Bruns Vorderpfoten und ... nun, ich reiße Bruns Kopf zurück und greife mit der anderen Hand nach Luri, um sie zu retten.

Aber da ist gar keine Rettung nötig. Brun schaut erst verblüfft, dann schnaubt er und dreht ärgerlich den Kopf, um sich von meiner Hand zu befreien und dann — ja wahrhaftig, dann fährt er mit seiner breiten Zunge der Katze übers Fell. — Lourion aber, als müsse das so sein, dreht und wendet sich ein bisschen, sucht sich ein warmes Plätzchen an der Brust des Hundes, rollt sich zusammen und beginnt leise zu schnurren.

Sollte man das für möglich halten?! Brun, ausgerechnet der wilde Brun ist es, mit dem sie Freundschaft schließt!

Ich laufe hinüber und hole die Knechte; und die Köche kommen auch und wollen das sehen und schließ lich geht einer der Knappen über den Hof hinüber, es dem Herzog zu berichten.

Es dauert keine halbe Stunde, so ist der Herzog selbst wieder im Stall und mit ihm kommen der Freisinger Bischof und wohl noch ein Dutzend der anderen Herren und alle stehen im Kreis um Bruns Lager und schauen die beiden Tiere an, als vermöchten sie es nicht zu glauben.

„Brun!", sagt der Herzog kopfschüttelnd. „Mein Brun, der jeden Eber angeht und jede Wildkatze anspringt!"

Der Hund aber liegt da und ist offensichtlich nicht in der Laune, seine neue Freundin antasten zu lassen. Zwar lässt er sich ruhig betrachten, aber kommt einer nur einen Schritt zu nahe, so zeigt er die Zähne. Lourion aber rollt sich auf den Rücken und beginnt mit allen vier Pfötchen nach den Ohren des Hundes zu haschen.

„Die Katze hat ihre Sache selbst geführt", sagt der Herzog schließlich, „und besser als jeder Rechtsgelehrte. Da der Hauptgeschädigte ihr offensichtlich verziehen hat, ist es nicht unsere Sache, über sie zu richten." Er lacht. „Brun, Brun! Wie hat diese Katze dich herumgekriegt?"

Brun öffnet weit sein Maul und gähnt; das tun Hunde stets, wenn sie verlegen sind. Dann stößt er die Katze freundschaftlich mit der Nase an und legt sich zum Schlafen zurecht.

Als später Zeno, von der Herzogin geschickt, herabkam, um Lourion in ihr seidenes Bettchen zu bringen, schliefen der große Hund und die kleine Katze friedlich im Stroh und keiner hätte es gewagt, sie zu trennen.

Diese Freundschaft zwischen Brun und Lourion blieb bestehen, und zwar war es vor allem der große Hund, der an der kleinen Freundin hing und der es gar nicht verstehen konnte, wenn Luri den Aufenthalt im Stall zu langweilig fand und ihre eigenen Wege ging. Brun winselte dann kläglich und wollte gar nicht fressen, bis Luri sich wieder herabließ, mit ihm zu spielen. — Die anderen Hunde freilich musste man von der Katze fernhalten, und die Herzogin verfügte, dass, ehe die Meute aus dem Zwinger gelassen wurde, einer der Hundewärter mit einer kleinen Trompete durch den Hof laufen musste. Er blies ein bestimmtes Signal und rief dann laut: „Bringt die Katze der Herzogin in Sicherheit! Fort mit Lourion!" Und es galt der Befehl, dass, wenn dieser Ruf erklang, jeder dort, wo er eben arbeitete, sich nach Lourion umsehen musste: unter den Küchenschränken, im Stroh, hinter den Regenwasserbottichen. Wer sie fand, hatte sie eilends in die Gemächer der Herzogin zu bringen; dann erst durften die Hunde ins Freie.

AM TAGE VOR CHRISTI HIMMELFAHRT wurde uns gesagt, dass der gesamte Hof die heilige Messe bei den Schottenmönchen hören wolle, und Zeno kam aufgeregt zu mir in den Stall gelaufen. „Das ist die Gelegenheit!", sagte er. „Sicher treffen sie einander morgen wieder! Morgen heißt es, Augen und Ohren offen-halten!"

Ich hatte mir von Christoph einen freien Tag erbet-telt und wollte ans Flussufer hinuntergehen, um zu angeln; und das sagte ich Zeno. Außerdem: wie sollten wir denn etwas erfahren? An hundert Frauen und Ritter würden bei den Schotten sein — man konnte doch nicht jedes Gespräch belauschen! — Wahrschein-lich, sagte ich, hatten wir diesem Gerede auf dem Friedhof viel zu viel Bedeutung zugemessen.

Aber da kam ich bei Zeno schön an!

„Das gibt es nicht!", erklärte er. „Das müssen wir nun weiter untersuchen. Du musst dich von mir in den Schrank der Kirchenkammer sperren lassen."

„Was?!"

„Ist doch ganz klar!", sagte Zeno kühl. „Einer von uns muss sich draußen umhertreiben, beim Kirchentor und im Klosterhof, und muss beobachten. Das kann nur ich als Page unauffällig tun; dich würde man fortweisen. Du bist es also, der in der Kammer lauern muss. Wenn sie wirklich dort miteinander sprechen wollen — und ich bilde mir nun einmal ein, dass es so ist — dann werden sie es schon so einzurichten wissen, dass ihnen keiner nachkommt. Also muss einer von uns schon von Beginn an dort versteckt sein. Das siehst du doch ein?"

„Und wenn niemand kommt?"

„Dann ist der Versuch eben missglückt", entgegnete Zeno achselzuckend.

Statt an diesem herrlichen Frühsommertag an die Donau zu gehen, um zu fischen, sollte ich mich vielleicht stundenlang in einen muffigen Schrank sperren lassen! — Er, Zeno, hatte für sich natürlich eine weitaus angenehmere Rolle gewählt!

Freilich sah ich ein, dass er recht hatte — ich konnte mich nicht zwischen den vornehmen Damen herumtreiben so wie er. Aber immerhin! Sich einer bloßen Einbildung wegen auf unbestimmte Zeit einsperren zu lassen und das gerade an einem freien Feiertag, das passte mir nicht besonders.

„Du musst schon früh, bei der ersten Messe, draußen bei den Schotten sein", sagte Zeno. „Und ich werde es so einteilen, dass ich selbst auch schon dort bin, bevor der Hof kommt. Du musst natürlich schon versteckt sein, ehe die Damen und Herren die Kirche betreten."

Ich gab jeden Widerstand auf. Er nützte nichts; es geschah ja doch, was Zeno wollte.

Am Morgen also spring' ich aus dem Heu, besehe mir traurig mein Angelgerät und muss mich noch in der Küche beim Frühstück vom Frieder hänseln lassen, dass wir Jungen an einem freien Tag eben so viel lieber aufstehen, als wenn es bloß zur Arbeit geht ... Der sollte nur wissen, wie mein freier Tag heute aussehen wird, dachte ich.

Gebe aber natürlich keine Antwort, sondern renne gleich, nachdem ich meine Suppe verzehrt hatte, zu den Schotten hinab. Ein großes Stück Brot stecke ich ein, damit ich nicht Hunger leide in meinem Versteck.

Als ich in die Kirche komme, sehe ich den Zeno schon vorn in der ersten Reihe knien und der Vater Küchenmeister steht als Priester am Altar und beginnt gerade mit den Gebeten der heiligen Messe. Ich knie mich in die letzte Reihe; und wenn ich ehrlich sein soll: ich habe nur gebetet, dass ich nicht lange in dem Schrank hocken muss und dass ich doch noch an die Donau hinunter komme.

Nach der Messe kommt Zeno auf mich zugeschlendert, so als träfen wir einander nur zufällig, und sagt, dass der Hof etwa in einer Stunde hier sein werde. „Wir haben also Zeit zu warten, bis wir unbeobachtet sind."

Es dauert auch gar nicht lange, bis alle anderen die Kirche verlassen haben; nur der Laienbruder Florian ist noch da und macht sich mit den Blumen am Altar zu schaffen.

„Jetzt!", sagt Zeno und zieht mich in die Kammer, als Florian sich gerade abwendet. „Das war das Schwierigste. Ich habe Angst gehabt, dass es uns nicht glücken könnte, unbemerkt hier hereinzuschlüpfen." Er schiebt den Riegel der Schranktür zurück. „So! Du wirst es bequem haben; es ist geräumig genug."

„Wie lange soll das denn dauern?", frage ich verdrossen.

„Bis ich dich herauslasse!", gibt mir Zeno ungerührt zur Antwort. „Und das wird geschehen, sobald ich ganz sicher bin, dass wir von diesem Versteck nichts mehr zu erhoffen haben."

„Ich werde ersticken!"

Zeno lacht bloß. „Der Schrank hat Fugen genug! — Nun, beeile dich, es könnte jemand kommen!"

Ich steige also in den Schrank und setze mich mit angezogenen Beinen auf den Boden. Es ist Raum genug, ja, aber wenn das sehr lange dauert, so werden mir doch alle Knochen wehtun. Über meinem Gesicht hängt ein Messgewand aus grüner Seide, mit Gold bestickt; das hat die Herzogin dem Schottenkloster geschenkt, davon habe ich gehört. Und auf meine Knie hängt der Saum eines Vespermantels mit bunten gestickten Heiligenbildern, den haben die Mönche aus Regensburg mitgebracht und haben ihn beim Osterfest als große Kostbarkeit gezeigt; er soll aus der Zeit Karls des Großen stammen.

Ich muss achtgeben, dass meine Füße nicht daran streifen. Wenn ich wenigstens so viel Licht hätte, dass ich die gestickten Bilder ordentlich betrachten könnte! Aber nun schlägt Zeno die Tür zu und schiebt den Riegel vor, und ich bin in der Dunkelheit gefangen. Ich Dummkopf, warum muss ich auch immer nachgeben!

Nun, jetzt hilft es nichts mehr. Ich rücke mich zurecht, so gut es geht, ziehe meinen Kanten Brot hervor und esse ihn so langsam, wie es nur möglich ist, damit ich länger etwas zu tun habe. Und dann muss ich sogar ein wenig eingeschlafen sein, denn ich schrecke auf, als ich Stimmen und Gesang höre und bemerke, dass die zweite heilige Messe begonnen hat und dass der Hof also wohl schon in der Kirche versammelt ist.

Später höre ich Schritte und das Geräusch vieler Stimmen. Die Kirche entleert sich. Meine Beine und mein Rücken beginnen abscheulich zu schmerzen. Wenn nur Zeno bald käme! Welcher Unsinn, mich da einzusperren! Ob ich es wohl versuchen könnte, mich umzudrehen? Bums! Da stößt mein Kopf an die Kastenwand! Wenn das jemand gehört hätte! Ich halte still und lausche mit angehaltenem Atem ... Nichts — Gott sei Dank!

— Vorsichtig schiebe ich mich wieder zurecht und warte. Es hilft nicht, ungeduldig zu werden, es hilft gar nicht.

Aber nun müssen schon Stunden vergangen sein; wenigstens scheint es mir so. Wie, wenn Zeno mich vergessen hätte? — Ich weiß, dass das nicht möglich ist, aber nun beginnt mich die Vorstellung zu foltern, dass niemand mich hier herausholen wird und ich verhungern muss.

Da plötzlich: Stimmen. Zwei Männerstimmen, daran ist kein Zweifel. Aber ich kann nicht hören, was sie sprechen, sie sind zu weit entfernt. Auch dämpft die geschlossene Schranktür jeden Laut, der von draußen kommt. Dann ist mir, als kämen die Stimmen näher ...

„Ich bin in großer Sorge, Herr Abt, ich leugne es nicht; in großer Sorge."

Ganz leise, Zoll um Zoll schiebe ich mich nach vorne, bis mein Auge durch einen Spalt der Schranktür blicken kann. Der Seckauer ist es nicht, der da gesprochen hat, so viel ist mir klar. Ich sehe einen Mantel von roter Seide, das Flimmern von Gold ... ah, nun weiß ich es! Der Fürstbischof von Freising muss es sein, der hier mit dem Abt der Schottenmönche spricht!

„Es wird Eurer Geschicklichkeit gelingen, den Herzog umzustimmen", sagt die heisere Stimme des Schottenabtes.

„Mein Bruder ist eigensinnig", erwidert der Freisinger seufzend. „Er meint, es sei gegen seine Ehre, auf das Herzogtum Bayern zu verzichten. Auch habe der Kaiser in Konstantinopel die Hand seiner Nichte einem Herzog gegeben und nicht einem Markgrafen von Österreich."

„Es ist gewiss zu verstehen", erwog der Abt. „Schließlich hat Herzog Heinrich das Land Bayern vom verstorbenen Kaiser Konrad zu Lehen erhalten; und er hat es nicht verdient, dass der jetzige Kaiser es ihm wieder nimmt."

„Verdient! Gewiss hat er es nicht verdient! Aber Kaiser Rotbart hat das Wohl des ganzen Reiches zu beachten, und die Welfen werden nicht Frieden halten, solange Bayern nicht wieder in ihrer Hand ist. Um dieses Friedens willen müssen Opfer gebracht werden."

„Herzog Heinrich wird das einsehen. Eure Vermittlung — die Vermittlung eines Bruders, der ihn liebt ..."

Wieder hörte ich den Fürstbischof seufzen. „Es vergeht kein Tag ohne Besprechungen und — wenn ich ehrlich sein will — wir stehen heute noch immer dort, wo wir begonnen haben. Heinrich will lieber Krieg führen, als auf Bayern verzichten."

„Ich dachte eigentlich, dass Herr Ottokar von Seckau einen Vermittlungsvorschlag der Welfen nach Österreich gebracht hat ..."

„Nein", erwiderte der Freisinger. „Aber Drohungen hat er gebracht — und das ist genau das Mittel, meinen Bruder noch unnachgiebiger zu machen. — Lassen wir's, Herr Abt! Verderben wir uns nicht den Feiertag mit diesen Sorgen!"

„Ihr wolltet das karolingische Messgewand sehen, Herr Fürstbischof ... Wir haben es in diesem Schrank hier verwahrt ..." .

Guter Gott! In diesem Schrank! Es war um mich geschehen. Da höre ich von draußen ein Rufen: „Herr Abt! Herr Abt!"

Vielleicht rettet mich das, vielleicht! Wenn sie nur gingen, wenn sie nur ...

„Geht nur, Herr Abt", sagt der Freisinger. „Man ruft nach Euch. Ich kann es ja allein betrachten."

„Wenn Ihr mich entschuldigen wollt", entgegnet der Abt und ich höre seine Schritte, die sich entfernen. Der Fürstbischof aber bleibt, seine Hand macht sich am Riegel zu schaffen ...

Himmel, was soll ich nur tun!? Daran hat er nicht gedacht, der Zeno, dass jemand andrer vor ihm den Schrank wieder öffnen könnte — und doch hätten wir an diese Möglichkeit denken müssen. Was soll ich nur sagen? Wie soll ich's erklären? Ich kann doch nicht sagen, dass ich dem Seckauer nachspioniere, ich kann nicht ... denn, wenn er es erfährt, dann erschlägt er mich. Er hat es ja gesagt, damals am Friedhof, was er mit denen täte, die ihm in die Quere kämen ...

Nun bewegt sich wahrhaftig der Riegel ...

Ich drücke mich in die äußerste Ecke und ziehe das Messkleid, so gut es eben geht, über mich herab. Die Tür geht auf. Es wird Licht ... Zu hören ist nichts ... Plötzlich fasst eine Hand mit festem Griff meinen nackten Fuß am Knöchel. „Wen haben wir denn da?", fragt eine scharfe Stimme. Die Hand zieht an, nicht eben sanft; ich rutsche aus meiner Ecke heraus und falle und rolle über die Kante des Schrankbodens auf die Steinplatten gerade vor die Füße des Freisinger Herrn. Gott im Himmel sei gelobt, dass es der Freisinger ist und nicht der Seckauer Vogt! Kein Ding ist so schlimm, dass es nicht noch schlimmer sein könnte. Wenn es auch bös genug aussieht, an den Kragen wird es mir doch nicht gleich gehen.

„Wer bist denn du?"

Ich richte mich auf und streiche mir die Haare aus den Augen. Aber ich bringe kein Wort hervor.

„Ist das nicht —", sagt der Bischof, „ist das nicht der Pferdejunge vom Hof? — Wie heißt denn du gleich?"

„Bertl", sag ich leise. „Lambert."

„Bertl, so. Und was soll das heißen, hier? Antwort will ich haben, aber eine ehrliche Antwort! Nun?"

Ich bringe kein Wort hervor. Wahrscheinlich hätte ich auch nichts herausgebracht, wenn ich gewusst hätte, was ich sagen soll. So aber war's überhaupt unmöglich. Ich konnte doch dem hochwürdigen Herrn nicht alles erklären ...

Der Freisinger schaute sich um. „Hier gibt es doch nichts zu stehlen?", sagte er.

Da fand ich die Sprache wieder. „Ich habe nie etwas gestohlen und ich will auch nichts stehlen!", schrie ich.

„Nun ...", sagte der Bischof zweifelnd. „Also dann: heraus mit der Wahrheit!"

Ja, aber eben das ging doch nicht! Wäre nur Zeno dagewesen! Aber durfte ich Zeno in diese Sache hineinziehen? Überhaupt — was durfte ich denn sagen und was nicht?

„Wenn du nicht den Mund aufmachst, muss ich eben dem Herzog melden ..."

„Nein!", schrei' ich. „Bitte nicht! Ich kann alles erklären, wirklich, und ich habe nichts Böses vor, im Gegenteil."

„So?", sagt der Bischof und schaut nun nicht mehr so streng aus, lacht sogar ein wenig. „Im Gegenteil?

Soll's vielleicht gar etwas Gutes sein, wenn man sich in fremden Schränken versteckt? Aber ich will annehmen, dass es nur ein dummer Streich war, den du da im Kopf hattest. Also, heraus damit! Was ist's?"

„Herr ...", stottere ich. „Bitte! — Es ist ein Geheimnis. Und wir dachten, es könnte wichtig sein ... und ...'

„Wer, wir?"

Ich verstumme wieder, denn ich kann doch Zeno nicht verraten, nicht wahr?

„Hochwürdigster Herr Bischof!", ruft da jemand von draußen. „Hochwürdigster Herr! Der Herr Herzog wartet!"

„Ich komme schon!", entgegnet der Bischof. Schaut mich scharf an. Sagt dann: „Du kommst heute Abend zu mir in den Freisinger Hof, verstanden? Da reden wir weiter. Denke dir aber bis dahin nicht etwa Lügen aus — ich werde die Wahrheit erkennen, das kannst du mir glauben. — Und nun hinaus mit dir und lasse es dir nicht einfallen, noch einmal in dein Versteck zu kriechen!"

„Nein!", rufe ich und renne aus der Kammer und zur Kirche hinaus. Habe nicht einmal meine Kniebeuge vor dem Allerheiligsten gemacht.

Nun musste ich Zeno suchen, das war klar. Wo war er denn nur? Er konnte doch nicht an den Hof zurückgekehrt sein, ohne sich um mich und um mein Gefängnis zu kümmern?

Als ich quer durch den Klosterhof lief, rannte ich fast mit einem Klosterknecht zusammen. „Na, wohin denn, Bürschchen?", sagte er. „Willst wohl auch zum Ballspiel?"

„Ballspiel?"

„Sind alle vor dem Tor draußen, der Herzog mit seinen Rittern und alle Damen! Lauf, wenn du zusehen willst, sonst versäumst du's!"

Lachend gab er mich frei, und ich lief so rasch ich konnte auf die Wiesen vor dem Kloster hinaus — ja, da waren sie alle! An der einen Seite der Wiese waren Tribünen aufgerichtet, da saß der Herzog mit seinen Rittern und dem Bischof von Passau und der Freisinger schritt soeben auf sie zu.

Die jüngeren Damen und Herren jedoch waren alle beim Ballspiel, und zwischen ihnen liefen die Pagen hin und her, um die verfehlten Bälle aufzulesen und sie den Spielern zurückzugeben.

Nach einer Weile erst entdeckte ich Zeno, ich erkannte ihn an seinem kirschroten Wams; er hielt sich in der Nähe Ottokars von Seckau auf, der sich als Partnerin im Spiel die Dame Pelagia gewählt hatte. Die Griechin spielte gut; er aber fing fast nie einen der Bälle, die sie ihm zuwarf und ich bemerkte, dass er den Zwischenraum zwischen sich und seiner Partnerin Schritt um Schritt verringerte. Möglich, dass er es tat, um die Bälle leichter zu fangen — oder wollte er leise mit ihr sprechen? Wenn es so war, so konnte er es jedenfalls nicht tun, ohne dass Zeno es bemerken musste. War es denkbar, dass Pelagia die Frau war, mit der er damals auf dem Friedhof zusammengekommen war?

Ich schlich mich längs der Tribünen immer näher an die beiden heran und blieb endlich stehen, nicht mehr als fünfzig Schritte von den Spielern entfernt. Plötzlich rollte ein bunter Ball in meine Nähe, Zeno lief ihm nach und bemerkte mich.

Er blieb stehen, als hätte ihn jemand vor die Stirn geschlagen. „Du!", keuchte er. „Du! Wie kommst du hierher? Wie kommst du heraus?"

„Mein Ball!", schrie die Dame Pelagia. „Schnell, Zeno! Du hast später Zeit zu plaudern! Mein Ball!"

Zeno lief hin, den Ball im Arm. „Ich kann nicht mehr!", rief er. „Mein Kopf schmerzt zu sehr! Ich muss mich ausruhen, Frau Pelagia!" Er war ganz blass geworden, jeder musste es ihm ansehen, dass er sich unwohl fühlte. Er lief auf mich zu und zog mich in den Schatten der Tribüne. „Wer hat dich herausgelassen?", fragte er atemlos. „Wer?"

„Der Freisinger", erwiderte ich und erzählte ihm in fliegenden Worten alles, was mir widerfahren war.

„Wenn du abends in den Freisinger Hof gehst, so komme ich mit dir", sagte er entschlossen.

„Hast du etwas erlauscht?"

„Ach!", sagte er zornig. „Das dumme Ballspiel! Mit jeder einzelnen von den Damen konnte er Worte wechseln, es war nicht möglich, sich stets an seine Fersen zu heften! — Ich hatte so sehr auf die Kammer gehofft! — Nun, wer weiß, wozu es gut ist, dass der Freisinger Bischof dich erwischt hat. Vielleicht wird er ein Bundesgenosse!"

„Willst du ihm denn alles erzählen?"

„Das wird sich ergeben", sagte Zeno mit der Miene eines Fürsten. „Wann sollst du hin? Abends nach der Mahlzeit? Gut, ich hole dich ab. — Und jetzt, da ich alles weiß, habe ich mich erholt und kann wieder Bälle haschen!"

Er lief zurück auf die Wiese und ich sah, halb versteckt hinter den Pfosten der Tribüne, noch eine Weile dem hübschen und bunten Bild zu. Die Herzogin spielte am besten von allen Damen, sie verfehlte keinen Ball, und sie sah so jung und hübsch und fröhlich aus wie ein Mädchen. Oft rief ihr der Herzog lauten Beifall zu.

Es hätte mir viel Vergnügen gemacht, noch länger zuzusehen, wenn ich nicht Angst gehabt hätte vor der Unterredung mit dem Freisinger Herrn. Zeno sah die Sache nicht richtig, dünkte mich. Wahrscheinlich würde man uns gar nicht reden lassen — und wenn doch: wann nähmen so große Herren ein paar Jungen, wie wir es waren, ernst? Bestenfalls — wenn nicht doch noch eine Strafe für mich dabei herauskam — würde der Bischof uns auslachen.

Nach einer Weile also kehrte ich dem Ballspiel den Rücken und ging in den Stall zurück. Dort nahm ich einen Striegel und begann den Goldfuchs des Freisingers zu putzen, sodass sein Fell spiegelte wie Metall. Wenn ich schon eine Strafe bekam wegen des Versteckens in der Kirchenkammer, so sollte doch wenigstens niemand sagen können, dass ich meine Pflichten vernachlässigte.

NACH DEM ABENDESSEN KAM ZENO; ich zog rasch mein bestes Wams an, bearbeitete auch meinen Haarschopf mit dem Striegel, und dann gingen wir hinüber zum Freisinger Hof.

Der Freisinger Hof diente, wie ich schon gesagt habe, den bayrischen Herren, die unseren Herzog besuchten, als Unterkunft und als Versammlungsort. Der Bischof hatte stets einige Räume dort zu seiner Verfügung, und auch bayrische Kaufleute, die in unserer Stadt Geschäfte hatten, fanden sich dort ein und konnten in einem großen Gewölbe Waren einlagern.

Als wir ans Tor kamen, hielten uns etliche Knechte auf, fragten, was wir wollten.

Wir seien, antwortete Zeno, zum Herrn Bischof Otto auf diese Stunde bestellt.

„Das glaube ich kaum", meinte der eine der Knechte. „Unser Herr Bischof hat anderes zu tun, als sich mit solchen Jungen zu unterhalten!"

„Willst du's auf deine Kappe nehmen, dass du uns abweist, dann können wir ja wieder gehen!", sagte Zeno frech.

Die Knechte lachten. „Führ sie ins Vorzimmer, Alois", sagte der eine. „Wenn der Herr Otto sie sieht, wird es sich schon herausstellen, ob er ihnen etwas sagen will. Wenn nicht, so ist immer noch Zeit, sie auf die Straße zu werfen!"

Jener, den sie Alois genannt hatten, winkte uns und führte uns über eine Treppe in ein dunkel getäfeltes Zimmer, in dem nur eine kleine Kerze brannte. „Hier drinnen ist der Herr Bischof", sagte er und wies auf eine kleine Tür in der Schmalwand. „Er hat jetzt eine Unterredung mit einem Ritter. Wenn er damit zu Ende ist und herauskommt, könnt ihr ja versuchen, mit ihm zu sprechen."

„Hört!", sagte Zeno — wie er mir später sagte, hatte er diese Frage ohne Absicht oder Vorahnung gestellt, nur aus bloßer Neugierde. „Mit wem spricht der Fürstbischof jetzt?"

„Mit Herrn Ottokar, dem Vogt von Seckau", erwiderte der Knecht.

Dann ließ er uns allein. Wir saßen still am Tisch, die kleine Kerzenflamme zwischen uns, und ich kann nicht sagen, dass wir uns behaglich fühlten. Gewiss, der Seckauer wusste nichts von uns; aber war es nicht ein eigenartiges Zusammentreffen, dass er gerade jetzt im Freisinger Hof sein musste?

Wir warteten schweigend, es war keiner von uns beiden aufgelegt zu sprechen, und der düstere Raum drückte unsere Stimmung noch mehr. Wenn es möglich gewesen wäre, so wäre ich einfach davongelaufen.

Nach einer Zeit, die mir sehr, sehr lange schien, hörten wir Stimmen, die sich der verschlossenen Tür näherten. „Das ist mir klar, dass Kaiser Friedrich sich mit den Welfen einigen muss, wenn er Frieden im Reich haben will", sagte die klare und scharfe Stimme des Freisingers. „Und ich persönlich bin auch der Meinung, dass mein Bruder Heinrich um dieses Friedens willen ein Opfer bringen muss — daraus habe ich nie ein Hehl gemacht.. Jedoch die Art, in der Ihr verlangt, dass er auf Bayern verzichte ..."

„Kommt auf die Art nicht an, sondern auf die Sache", hörten wir den Seckauer erwidern. „Bayern ist früher welfisch gewesen und soll es jetzt wieder sein nach dem Wunsch Kaiser Friedrich Rotbarts, und der Markgraf von Österreich soll sich endlich damit abfinden!"

„Man muss ihm Zeit lassen!", sagte der Bischof.

Und der Seckauer darauf: „Da war schon Zeit genug!"

Dann öffnete sich die Tür, der Bischof kam heraus, gefolgt vom Seckauer, der einige Schritte nach vorn tat, sich flüchtig verneigte und dann mit harten Tritten zum Ausgang eilte. Er streifte uns mit keinem Blick, und ich glaube, dass er unsere Anwesenheit gar nicht bemerkt hatte. Der Bischof jedoch, der an der Schwelle des zweiten Raumes stehengeblieben war, sah uns sogleich, lächelte ein wenig und trat dann auf uns zu.

„Einen habe ich herbefohlen und zwei sind gekommen", sagte er. „Ist's aus Freundschaft oder weil ihr beide schuld seid an dem Schabernack?"

„Aus beiden Gründen, hochwürdigster Herr", sagt Zeno. Ich weiß nicht, woher er den Mut nimmt, so keck zu sprechen. „Freunde sind wir, und die Schuld tragen wir zu gleichen Teilen, wenn überhaupt von Schuld die Rede ist."

„So?", sagt der Fürstbischof. „Ist also wohl eine alltägliche und selbstverständliche Sache, sich in einem Kirchenschrein zu verstecken, um andrer Leute Gespräche zu belauschen — oder was weiß ich, zu welch anderem Zweck? Soll ich das etwa gar billigen, wie? Oder sollen das vielleicht byzantinische Sitten sein?".

„Herr Bischof", erwidert Zeno kühn, „die Sitten in meiner Heimat sind so wie überall: Wenn man etwas Wichtiges erreichen will, wählt man die Mittel nicht so genau. Und wir sind einer wichtigen Sache auf der Spur."

„Kann mir denken, was euch Buben wichtig erscheint!"

„So alt ...", beginnt Zeno, bleibt dann stecken und sein Gesicht wird feuerrot.

„Nun?", fragt der Freisinger. „Bleibt selbst dem frechen Bürschchen da das Wort im Halse stecken? Rede nur weiter, nun gibt es kein Ausweichen. Was wolltest du sagen?"

„So alt, wollt' ich sagen", endet Zeno stockend, „so alt ist der hochwürdigste Herr von Freising noch nicht, dass er schon vergessen haben könnte, dass man als Junge auch schon zu denken versteht!" '

Da fängt der Bischof laut zu lachen an und sagt, der Zeno führte seine Sache so gut wie ein byzantinischer Advokat und er, Herr Otto, wolle also in Gnaden annehmen, dass unsere Sache von solcher Wichtigkeit sei, dass sie den Aufenthalt im Kirchenschrank rechtfertige. Ob er nun erfahren könne, worum es geht?

Sagt der Zeno, er bitte, noch schweigen zu dürfen; jedoch, sobald wir unserer Sache sicher seien, solle der hochwürdigste Herr als Erster davon erfahren.

Ob ich etwas erlauscht hätte, dort im Schrank?

Nein, sage ich. Es ist das erste Mal, dass ich den Mund aufmache. Wie hätte ich etwas hören können, da doch der Herr Bischof gekommen sei und die Erwarteten — so sie beabsichtigt hätten zu kommen — daran gehindert hatte?

„Da bin also ich am Misserfolg schuld", sagt der hohe Herr gutgelaunt und gibt jedem von uns eine bayrische Münze in die Hand. Fragt dann noch: „Das aber werdet ihr mir wohl verraten müssen, hinter wem ihr her seid?"

Wir schauen uns an, Zeno und ich. Hätten uns gerne besprochen, aber das ging ja nicht. Da sagt der Fürstbischof lachend: „Weil du mich gerade an meine eigene Bubenzeit hier in Österreich erinnert hast, Bürschchen, so will ich dir versprechen wie ein guter Kamerad: ich schweige darüber, bis du mich aus dem Versprechen entlässt. Nun? Wem gilt es also?"

Ich begreife wohl: Dass der hochwürdige Herr so lange und so freundlich mit uns spricht, das tut er, weil er sich von seinen Sorgen ablenken möchte. Ich nicke dem Zeno zu; aber der schaut gar nicht zu mir her, wirft den Kopf zurück und sagt entschlossen: „Dem Seckauer gilt es, hochwürdigster Herr!"

Da wird das Gesicht des Freisingers plötzlich anders, wird hart und verschlossen, und er schaut uns scharf an. „So, so", sagt er. „Dem Welfen ... Sieh da." Er hat eine harte Falte zwischen den Brauen und denkt nach. „Mein Versprechen habe ich gegeben", sagt er dann, „und das muss ich halten. Steht ihr aber auch zu dem euren: wenn irgendetwas vor sich geht, was euch von Wichtigkeit scheint, so kommt zu mir. Könnte ja sein — es wäre nicht das erste Mal — dass in Stall und Pagenkammer etwas gesprochen wird, was an der Herrentafel erst laut wird, wenn es zu spät ist." Er will uns verabschieden, zögert, sagt dann: „Bedenkt bei allem, dass ihr als treue Diener des Herzogs Heinrich handeln müsst."

„Ja!", sagen wir beide. Machen unsre Verbeugung, und dann rennen wir hinaus, als sei Feuer hinter uns ausgebrochen. Wir laufen, bis wir im Stall angekommen sind und dort, in meinem Verschlag, sprechen wir noch einmal alles durch, wiederholen jedes Wort, das der Freisinger gesprochen hat, wiederholen es mit jeder Miene, mit jeder Betonung. Was für ein Mann, wie? Wie klug! Wie vornehm! Wie ... Und dem Seckauer, dem Welfen, misstraut er selbst auch, das war zu spüren gewesen. Und nun müssen wir herausfinden, was der Welf vorhat, müssen es einfach, schon des Freisinger Herrn wegen.

Später, als der Zeno schon fort ist, gehe ich noch einmal zum Goldfuchs hinüber und streiche ihm über die seidige Mähne.

FÜR DEN ÜBERNÄCHSTEN TAG war eine Jagd angesagt, eine Falkenjagd in den Auen hinter der Newenburg, und wir hatten so viel in Stall und Sattelkammer zu tun, dass ich nicht einen Augenblick Zeit fand, mit Zeno zu sprechen. Am Abend vor der Jagd kam auch noch der Befehl, dass drei von uns Pferdejungen mit müssten, um einige Ersatzpferde bis zu den so genannten Reiherwiesen zu bringen, wo das .Mittagsmahl im Freien eingenommen werden sollte. Ich war einer von den dreien, die dazu ausersehen wurden, und man kann sich denken, wie ich mich darüber freute. Mir wurde ein Brauner zugewiesen, das zweitbeste Pferd des Herrn von Plaien, der selbst, wie gewöhnlich, seinen Schimmel ritt.

Wir im Stall sorgten also nach Kräften dafür, dass bei Morgengrauen alles in Ordnung vor sich ging — die Falkner kamen mit ihren Vögeln auf der Faust, die Pferde waren gesattelt, die Hunde zerrten an den Leinen, alle waren fröhlich und guter Dinge und ein wenig, ich gestehe es, beneidete ich Zeno, der an der Seite der Damen an der Jagd teilnehmen durfte.

Als die Herrschaften weggeritten waren, gab es noch eine warme Morgensuppe für uns, und dann ritten wir langsam die Donau entlang zu den Reiherwiesen. Zwei Köche und einige Tafeldecker waren mit einem Planwagen voll Speisen und Getränken schon bei Morgengrauen vorausgefahren.

Als wir gegen Mittag zu den Reiherwiesen kamen, war die Tafel für die Herren und Damen unter den schattigen Bäumen schon gedeckt. Kaum eine Stunde später hörten wir auch schon die Jagdhörner klingen, und bald darauf kam der Herr von Plaien als erster geritten und blies vor den vollen Schüsseln ein fröhliches Halali auf seinem Horn.

Ich hatte nichts zu tun, während die Jagdgäste speisten, und ich hatte also Muße, sie zu beobachten. Der Freisinger Bischof schien mir verstimmt, obwohl die Jagd sichtlich sehr erfolgreich gewesen war, und auch unser Herzog dünkte mich nicht gerade froh. Der Seckauer schalt mit einem Falkner, weil dieser angeblich den Falken zu spät nach dem Reiher geworfen hatte, sodass dem Vogel die Beute entgangen war. Aber dieses Schelten klang so, als ob der Vogt dabei an anderes dächte und sich nur durch sein Toben Luft machen wolle; wir Pferdejungen haben in solchen Dingen Erfahrung, das kann ich wohl behaupten. Wie oft habe ich eine Kopfnuss bekommen — nicht etwa, weil ich etwas falsch gemacht hatte, sondern weil dem Koch die Suppe angebrannt war, oder weil eines der Pferde über das Kleeheu geraten war.

Nun also, der Seckauer schalt und aß kaum zwei Bissen, so aufgeregt war er —, und obendrein war sein

Brauner nass vor Schweiß, obwohl der Tag nicht eben warm war. Wenn ein Pferd in solchem Zustand ist, dann ist der Reiter mit seinen Gedanken nicht im Sattel gewesen.

Als Zeno in meine Nähe kommt und vom Proviantwagen einen Weinkrug holen will, laufe ich hin und raune ihm zu: „Was ist mit dem Seckauer los?"

„Weiß nicht", sagt Zeno. „Er ist erst vor zwei Stunden zur Jagdgesellschaft gestoßen, hat behauptet, er habe einen Richtweg gesucht und sich verirrt."

„Behalt ihn im Auge!"

„Das brauchst du mir nicht zu sagen! Wollte, ich könnte herausbekommen, wo er heute Morgen gewesen ist!"

„Wo bleibt der Wein?", rief man von der Tafel herüber, und Zeno rannte davon.

Als die Jagdgäste gespeist hatten, rief man nach einer Laute, und der Herr von Plaien sang ein Lied zu Ehren des Kaisers Rotbart, das, wie wir hörten, der Freisinger verfasst hatte. Und schließlich sang sogar noch unsere Herzogin ein griechisches Lied — und alle spendeten lauten Beifall, obwohl nur wenige die Worte verstehen konnten.

Ich erzähle das so ausführlich, weil ich beschreiben wollte, wie heiter und vergnügt die Herzogin Theodora war und wie wenig sie ahnte, was ihr die nächsten Tage bringen sollten.

Die Sonne war schon im Sinken, als wir heimritten.

Ich muss noch berichten, dass die Jagd nicht anstrengend gewesen war; außer dem Seckauer beanspruchte keiner der Herren ein zweites Pferd, und so geschah es, dass wir Pferdejungen auf denselben Pferden, die wir gebracht hatten, wieder heimreiten durften und dass wir also mit den Herren leicht Schritt halten konnten.

Und da — als wir der Stadt schon ganz nahe waren, sprengt ein fremder Reiter auf uns zu — reitet, als hinge das Leben von seiner Schnelligkeit ab, das Pferd stolpert und ist über und über mit Staub bedeckt.

„Er trägt die Pottendorfer Farben!", sagt einer der Reitknechte neben mir.

Der Herzog hält an. „Wollen ihn hier erwarten", sagt er. Er sagt es ruhig, aber man sieht wohl, dass er erregt ist.

Der Fremde galoppiert heran, da er uns halten sieht. „Der Herzog!", schreit er schon von weitem. „Ist der Herzog da? Ich habe Botschaft an den Herzog!"

„Ich bin der Herzog!", sagt Herr Heinrich. „Was gibt es?"

„Botschaft vom Herrn von Pottendorf aus Burg Melk!", stößt der Mann hervor. „Der junge Prinz Leupold ..."

Die Herzogin schreit auf. „Ist dem Leupold etwas geschehen?"

„Er ist erkrankt, Frau Herzogin, er ist schwer erkrankt. Der Pottendorfer ..."

„Ist der Leupold tot?", ruft die Herzogin und klammert sich mit beiden Händen an den Arm des Herzogs.

„Nun?", fragt Herr Heinrich heiser. „Rede! Sag die Wahrheit! Was ist mit dem Kind?"

Der Bote wendet den Blick ab. „Nein", sagt er. „Tot ist es nicht. Zumindest: als ich in Melk fortgeritten bin, hat es gelebt. Das schwöre ich. Doch hat der Pottendorfer gemeint ..."

„Der Pottendorfer wird dir wohl schriftliche Nachricht mitgegeben haben", sagt der Herzog und streckt die Hand aus, sie entgegenzunehmen.

„Nein", entgegnet der Mann. „Nein. Die Krankheit hat den Prinzen ganz jäh überfallen. ‚Reit!', hat der Herr gesagt, ‚reit nach Wien so rasch du kannst. Ich bin der Erzieher, aber da müssen nun Vater und Mutter her — Reit!' Nun, Herr, geritten bin ich, das macht mir so leicht keiner nach! Am Tor da unten haben sie mir gesagt, dass Ihr auf der Jagd seid, Ihr und auch die Frau Herzogin. Da denk' ich mir: zum Rasten hab' ich auch im Grab noch Zeit — und wende den Gaul und ..."

„Gut, Mann", sagt der Herzog. „Man wird eine Belohnung für dich finden. Reit nachher an den Hof, ruh aus ... Was fehlt dem Kind? Das zumindest wird der Pottendorfer doch gesagt haben!"

„Hat jäh die Hitze in den Leib bekommen", sagt der Bote und mich dünkt, als blicke er unsicher um sich. „Schmerzen im Kopf und in allen Gliedern und ... ja, auch Erbrechen plagt ihn, hat der Pottendorfer gesagt. Vielleicht auch noch was andres, ich weiß nicht, ich bin ja kein Arzt, Herr, und der Pottendorfer ist auch keiner. ‚Wenn der Prinz nur am Leben bleibt, bis der Herzog kommt und ich der Verantwortung ledig bin', hat er gesagt."

Der, Herzog schaut sich um, er ist aschgrau im Gesicht. „Pferde!", sagt er. „Frische Pferde müssen her! Reit einer voraus zum Stall, so schnell er kann, damit die Gäule bereitstehen. — Zwei Männer brauche ich, die mich begleiten —"

„Ich reite auch nach Melk!", sagt die Herzogin und ist blass bis in die Lippen.

„Es ist zu viel für dich ..."

„Zu viel für mich! Wenn mein Kind stirbt!", ruft sie, und es geht uns allen wie ein Messer durchs Herz, als sie das sagt.

„Es ist selbstverständlich, dass auch ich dich begleite!", sagte der Bischof Otto.

„Nein!", bat der Herzog. „Bleibe du als mein Stellvertreter in Wien; du weißt, dass wir die Boten aus Bayern erwarten. Herr Suitold von Plaien soll mich begleiten; dann sind zwei Damen zur Begleitung der Herzogin nötig und zwei Burschen brauchen wir für die Pferde. Die beiden dort genügen. Rasch nur, Rasch!"

Er weist mit dem Finger auf den Martin und auf mich und sieht sich gar nicht um und reitet weiter.

WIR SIND NOCH NICHT BEIM SCHOTTENTOR angelangt, da kommen uns schon die Knechte mit den ausgeruhten frischen Pferden entgegen, sie müssen schier gezaubert haben im Stall, so schnell ist das gegangen. Des Herzogs Rotschimmel ist dabei — heute Morgen zur Jagd hat er ihn nicht reiten wollen, als hätte er geahnt, dass er ihn am Abend noch brauchen werde. Der Herzog springt vom Rücken des Jagdpferdes und ist schon im Sattel des anderen, ehe einer von uns anderen nur den Fuß aus dem Steigbügel hat.

„Ich reite voraus, so schnell ich kann", sagt er. „Wer

mitkann, soll kommen. Die anderen folgen langsamer, mit der Herzogin!"

Der Plaiener sitzt auch schon auf einem frischen Pferd, einem Rappen, der's mit dem herzoglichen Rotschimmel leicht aufnehmen kann. Ich werfe ihm einen flehenden Blick zu. Wenn er mich seinen Braunen mit der Blesse reiten lässt, den Bruder des Rappen, dann könnte ich Schritt halten und müsste nicht mit den Frauen nachhinken! — Und wirklich, das kaum zu Erhoffende geschieht: der Plaiener winkt mir, sagt: „Den Braunen für den Jungen da! Er kennt meine Pferde — wie? Hast sie ja wohl alle schon etliche Male in die Schwemme geritten?"

„Ja!", schrei' ich und bin schon oben. So rasch war ich noch nie im Sattel, ich habe Angst, dass er es sich noch anders überlegen könnte. Aber er hat gar keine Zeit dazu gehabt, der Herzog hat seinen Rotschimmel schon gewendet und ihm die Sporen gegeben. Der Plaiener folgt ihm, und mein Brauner läuft den beiden anderen nach, da brauche ich nichts dazu zu tun.

War das ein Ritt! — Ich kann reiten, das könnt ihr mir glauben — drei Jahre war ich alt, da hat mich der Christoph schon auf einen Pferderücken gesetzt; mit sechs hab' ich schon ein Pferd in die Auen zur Schwemme geritten. Aber in dieser Nacht hab' ich erst erfahren, was reiten heißt.

Ich war nicht etwa müde gewesen — ich hatte ja tagsüber nichts anderes getan, als ein Pferd zur Reiherwiese gebracht, das spürt unsereins nicht. Aber nach zwei Stunden dieses Dahinjagens hatte ich das Gefühl, als sei jedes meiner Gelenke locker geworden und als könnten mir bei einem unvorhergesehenen Sprung die Beine und Arme herabfallen.

Es wurde rasch finster, und die Straße war schlecht; in einem Dorf verschafften wir uns eine Windlaterne, die hielt der Plaiener trotz des scharfen Rittes in der Hand — ich hätte das nicht vermocht, weiß Gott. Als wir an die Stelle kamen, wo der Tullnerbach zu überqueren ist, stolperte mein Brauner und der Herzog rief mir zornig über die Achsel zu, ob ich bei einem Schuster reiten gelernt hätte oder im herzoglichen Marstall.

Ich hielt den Mund, auf solche Reden darf man nicht antworten, aber es war ungerecht. Weder ich noch das Ross konnten die Steine, die auf dem Weg lagen, erkennen; auch der beste Reiter kann da einen falschen Tritt seines Tieres nicht verhindern. Zum Glück war dem Braunen nichts geschehen.

Eine halbe Stunde später strauchelte der Rappe des Herrn von Plaien aus schierer Müdigkeit. Da hielt der Plaiener an und stellte sich dem Herzog quer über den Weg. „Das hat keinen Sinn, Herr", sagte er. „Wenn wir so weiter reiten, kommen wir überhaupt nicht nach Melk. Mensch und Tier brauchen Rast."

„Das verstehst du nicht, Suitold", entgegnete der Herzog. „Es ist nicht dein Kind, das auf den Tod krank ist!"

„Mag sein, dass ich das nicht verstehe", sagt der Plaiener, „aber was ein Pferd aushält, das weiß ich. Euer Roter hat sich jetzt eine Rast verdient— genau wie unsere Pferde auch — und die werde ich ihm verschaffen, auch mit Gewalt und auch wenn Ihr's Hochverrat nennen solltet, Herr Herzog!"

Der Herzog schweigt ein paar Sekunden lang; ihm tut's in der Seele weh, wenn er einmal nachgeben muss, das wissen wir alle. „Gut", sagt er dann aber doch. „Vermutlich habt Ihr recht. In der nächsten Herberge rasten wir also. Aber beim ersten Morgengrauen geht es weiter,"

„Dort habe ich ein Licht gesehen", sagt Herr Suitold und deutet nach links. „Vielleicht gibt's dort eine Herberge." .

Nun, eine Herberge gab es nicht, aber ein Bauernhaus war da und eine Scheune, angefüllt mit Heu und Stroh. Ich versorgte die Pferde, der Herr von Plaien half mir dabei, und dann breiteten wir die Mäntel übers Stroh, um darauf zu schlafen. War aber nicht viel von Ruhe die Rede, denn der Herzog stand wohl fünfmal in dieser Nacht auf, um nach dem Stand der Sterne zu sehen, und ich konnte auch kaum schlafen, weil mir die Glieder zu weh taten.

Schließlich aber muss ich doch eingeschlafen sein, denn plötzlich rüttelt mich jemand am Arm und ich rufe noch im Traum: „Der Seckauer ist es, Zeno!"

„Nein!", sagt des Herzogs scharfe Stimme, „Der Seckauer ist nicht da, du Schlafmütze, aber dein Herzog. Spute dich, sattle die Pferde!"

Ich springe auf und führe die Pferde ins Freie, den Morgenhafer hatte ihnen schon der Plaiener vorgeschüttet. Er wollte mich so früh nicht wecken, hat er mir nachher gesagt. Ist ein sehr guter Herr, der Plaiener.

Während ich die Pferde sattle, höre ich ihn zum Herzog sagen: „Je länger ich darüber nachdenke, desto mehr befremdet es mich, dass der Pottendorfer Euch nicht schriftliche Botschaft geschickt hat."

„Es war wohl keine Zeit dazu —"

„Zumindest hätte er einen Boten schicken müssen, den wir kennen."

„Es wird keiner zur Hand gewesen sein in der Eile. Eben dass all dies nicht geschah, beweist, wie plötzlich die Krankheit gekommen sein muss — und wie heftig."

„Mir gefällt etwas an der Sache nicht, Herr Herzog. Gefällt mir umso weniger, je mehr ich darüber nachdenke."

Der Herzog hört gar nicht darauf und murmelt nur ganz verstört: „Vielleicht ist der Bub schon tot ..."

Ich aber — da doch der Plaiener findet, da könne etwas nicht stimmen, denke nach — ich habe ja Zeit genug während des Reitens. Auch ist es jetzt hell, da muss ich auf den Weg nicht so sehr achten. Ich rufe mir noch einmal alles ganz genau ins Gedächtnis zurück.

Fünfhundert Schritt etwa waren wir vom Stadttor entfernt gewesen, da war uns der Bote entgegen geritten. Das Pferd war mit Schweiß und Staub bedeckt, auch das Gesicht des Mannes war staubig gewesen ... Gesprochen hatte er wie einer, dem der Atem fehlt vor Erschöpfung ... der Pottendorfer hatte nicht Zeit gefunden zu schreiben; nun, das konnte wohl sein. Der Pottendorfer konnte fechten wie kein andrer — deshalb sollte er ja auch den kleinen Leupold erziehen in jeder ritterlicher Kunst — das Schreiben aber war ihm vielleicht eine ebenso harte Arbeit wie mir — Und er, der Bote, war am Hof gar nicht aus dem Sattel gestiegen, hatte sogleich sein Pferd gewendet und war zum Schottentor hinaus uns entgegen geritten ... Was sollte da nicht stimmen? War doch alles vernünftig, klar ...

Aber dem Plaiener gefiel irgendetwas nicht. Was, das konnte er nicht sagen ...

Aber ich! Ich wusste es! In diesem Augenblick wusste ich es! Die Stiefel! Die Reitstiefel des Mannes! Die Reitstiefel waren nicht staubig gewesen, nein, ganz sauber und blank waren sie gewesen, als sei er eben erst in den Sattel gestiegen ...

Was bedeutete das? Was bewies das? Nichts. Nichts natürlich. Was soll's denn auch beweisen? Irgendwo, in einer Schenke vor den Toren, hat irgendjemand mit einem Tuch die Stiefel des Reiters abgewischt.

Gut. Aber wenn dafür Zeit war, weshalb hat der Bote sich nicht auch das Gesicht abgespült? Staub in Augen und Bart ist gewöhnlich lästiger als Staub auf dem Schuhwerk!

Soll ich dem Herzog davon sprechen? Oder dem Plaiener? Vielleicht lachen sie mich aus. Und schließlich: was war damit bewiesen? Bewiesen war gar nichts. Nur eine Möglichkeit war da: dass der Mann gar nicht so abgehetzt war, wie er sich gab. Dass er irgendwo in der Nähe der Stadt Wien einen abgetriebenen Gaul bestiegen hat und sich vorher das Gesicht mit Staub beschmiert hat ...

Und die Stiefel hat er vergessen ...

Aber alles, was ich mir da ausdenke, kommt mir selbst unvernünftig und weit hergeholt vor, und ich glaube genau zu wissen, was sie alle sagen würden, die Herren, wenn ich mit solchen Gedanken käme: hat zu — viel Zeit, der Junge, und zu viel Fantasie; müssen ihn schärfer an die Zügel nehmen, den Burschen —.

Also beschließe ich zu schweigen von dem, was mir da eingefallen ist. Und schließlich: sogar wenn sie mir recht gäben und es ebenso sonderbar fänden wie ich — was würde es ändern?

Wir reiten weiter, was die Pferde nur hergeben; der Herzog spricht kein Wort mehr, aber die Angst um den kleinen .Sohn steht deutlich genug in seinem Gesicht geschrieben.

Es geht schon gegen Abend, als wir Melk vor uns liegen sehen; der Herr von Plaien hält an, als wir in Hörweite des Burgwächters sind, und auf dem Jagdhorn, das er noch an der Seite hängen hat, bläst er des Herzogs Melderuf.

Oben springt das Tor auf, Lichter zeigen sich im Burghof ... und wer läuft da den Hügel herab, allen anderen voraus, dass die blonden Locken fliegen—?

Das ist doch ... Der Leupold ist das doch! Der Leupold!!

Der Herzog springt aus dem Sattel und schreit auf: „Leupold! Das Kind! Herr im Himmel, das Kind!" Und er reißt den Jungen in seine Arme. „Er lebt, er lebt! Gott sei gelobt, das Kind lebt!"

Inzwischen, ist der Herr von Pottendorf herangekommen; ich hatte ihn noch nie gesehen, aber ich erkannte ihn sogleich nach der Beschreibung: ein wahrer Riese von Gestalt mit breitem, rotem, gutmütigem Gesicht. „Seid willkommen, Herr Herzog", sagt er mit dröhnender Stimme. „Warum soll er denn nicht leben, der junge Herr? Er lebt recht vergnügt, der Leupold, wie? Hat gestern — Burgkinder gegen Dorfjugend —

eine große Schlacht gewonnen! — Ich kann nicht klagen, er wird einmal ein guter Fechter werden. Der Herr Kaplan ist vielleicht nicht ganz so zufrieden mit ihm, he, Leupold?" Und er lacht und zieht den Leupold kräftig beim Ohr.

„Gestern ...", sagt der Herzog verstört, „gestern, war er doch krank auf den Tod, der Leupold?"

„Krank? Das Junkerlein? Da müsste ich doch auch etwas davon wissen. War munter wie ein Fisch im Wasser, all die Zeit über, seit Ihr uns das letzte Mal besucht habt, Herr Herzog."

Der junge Prinz nickt, schaut abwechselnd den Vater und den Erzieher an und weiß nicht, was all das bedeuten soll.

„Habt mir doch einen Boten geschickt", sagt der Herzog, „der Bub, der Leupold, sei zum Sterben krank."

„Ich? Einen Boten? Ist mir doch im Traum nicht eingefallen! Habe Euch durchaus nichts zu vermelden gehabt und schon gar nichts Schlimmes!"

Da fängt der Herr von Plaien zu fluchen an, wie es kein Stallknecht besser kann. „Hab' ich nicht gleich gesagt, dass da etwas nicht stimmt? Hab' ich nicht gleich gesagt, dass mir da etwas nicht gefällt? Wenn ich den Kerl erwische, der sich diesen gemeinen Streich ausgedacht hat — alle Knochen zerbreche ich ihm im Leib!"

Der Herzog hält noch immer den Knaben an sich gepresst und nun sieht er todmüde, ja völlig erschöpft aus.

„Lass gut sein, Suitold. Der Leupold ist gesund, alles andre zählt daneben nicht. Schickt einen Boten der

Herzogin entgegen, dass sie keine Minute länger als nötig in Angst sei! Sie möge heimkehren nach Wien; wir kommen nach, sobald wir ausgeruht haben —"

„Ich werde es schon herausfinden, wer sich meines Namens bedient hat zu solch einem Schurkenstreich!", sagt der Pottendorfer. „Und ich werde dafür sorgen, dass ihm das Lachen vergeht!"

Gut und schön, sage ich mir. Der Herzog kann in dieser Stunde an nichts andres denken als an seinen Sohn, den er fast schon verloren geglaubt hat. Der Pottendorfer ist voll Zorn über den Streich, aber das Nachdenken ist wohl überhaupt nicht seine Sache.

Nur der Herr von Plaien steht da, als die erste Erregung verebbt ist, runzelt die Stirne und beißt sich die Lippen. Der Pottendorfer lädt ihn zu einem guten Trunk in die Halle, der Plaiener jedoch sagt, er käme nach, er wolle erst noch ein Bad in der Donau nehmen, das werde ihn erfrischen nach dem heißen Ritt.

Dann fasst er mich an der Schulter — unserer Pferde nehmen sich die Pottendorfer Knechte an — und führt mich zum Ufer hinunter und ich meine, ich soll ihm beim Auskleiden behilflich sein. Aber als wir am Ufer angekommen sind, setzt er sich auf einen Stein und scheint es vergessen zu haben, dass er baden wollte.

„Nun, Junge", sagt er. „Du bist ja auch nicht auf den Kopf gefallen. Was denkst du von der Sache?"

Da sag ich, was ich beobachtet hatte: die blanken Stiefel auf dem staubigen Pferd.

„Schön!", sagt er ungeduldig. „Das wissen wir ja nun auch so, dass der Bote falsch war und keineswegs von Melk hergeritten kam. Aber wozu der ganze Streich? Was wollte man? Wo liegt der Zweck? Tat man's aus reiner Bosheit?"

„Das kann ich mir nicht denken", meine ich. „Es wird wohl eine Absicht dahinter liegen."

„Eben. Und welche Absicht kann das sein?"

„Die Stiefel —", sage ich, „könnten beweisen, dass der Streich in Wien oder doch in unmittelbarer Nähe von Wien ersonnen worden ist. Und die Absicht könnte gewesen sein, den Herzog und die Herzogin für einige Zeit aus Wien fortzulocken."

Es kommt mir selbst ein wenig abenteuerlich vor, was ich da sage, aber der Herr von Plaien lacht mich nicht aus, sondern schaut mich nachdenklich an und meint: „Genau das habe ich mir auch gedacht. Wenn es nicht reine Bosheit war, dann kann es keinen anderen Zweck gehabt haben als diesen. Und was folgt daraus?"

„Dass der Herzog so rasch als möglich nach Wien zurück muss", sage ich. „Denn wenn da irgendeine Teufelei geplant ist ..."

„So ist's", sagt der Plaiener, steht auf und streckt sich. „Aber was hilft's? Nach diesem Gewaltritt muss der Herzog ein paar Stunden Ruhe haben, und wir brauchen sie auch. Vor morgen früh ist an einen Heimritt nicht zu denken, auch wenn wir vom Pottendorfer frische Pferde borgen und unsere hier zurücklassen. Geh schlafen, Junge, damit du morgen ausgeruht bist!"

Ich ging in den Stall, ließ mir vom Oberknecht meine Ecke im Strohlager anweisen, dachte noch eine kurze Weile über den Streich nach und darüber, dass es mir gar nicht recht war, dass wir unsere Pferde in einem fremden Stall zurücklassen mussten. Und dann schlief ich ein.

KAUM EINGESCHLAFEN — SO SCHIEN ES MIR — wurde ich auch schon wieder geweckt. Der Herr von Plaien stand vor mir und im Stallgang sah ich im Schein der Laternen einige der Pottendorfer Knechte damit beschäftigt, Pferde zu satteln.

„Wir reiten heim, Bertl, spute dich!"

„Ist es denn schon Morgen?", fragte ich gähnend.

„Kaum. Aber der Herzog findet keine Ruhe mehr, er will die Herzogin nicht allein lassen. Wenn wir uns beeilen, müssen wir sie einholen, ehe sie wieder in Wien ist."

Ja also, da war nichts zu machen. Für mein Leben gern hätte ich noch schlafen mögen — aber was half's? Ich springe heraus, reibe mir die Augen und schwanke hin und her vor Schlaftrunkenheit. Einer der Knechte bemerkt es und schüttet mir einen Stalleimer voll kalten Wassers über den Kopf. Brr — das war gemein! Und alle lachen mich aus, sogar der Herr von Plaien, der doch hatte auf meiner Seite stehen müssen! — Aber hellwach war ich nachher, das ist nicht zu leugnen.

Wir reiten also von Melk zurück — kaum fürs Frühstück ließ uns der Herzog Zeit, — und tatsächlich, schon gegen Mittag, trafen wir in einem Dorf an der Wiener Straße die Herzogin, die haltgemacht hatte, sobald unser Bote sie über den kleinen Leupold beruhigt hatte. Sie war von der Aufregung und der körperlichen Anstrengung so hergenommen gewesen, dass sie eine längere Rast hatte einlegen müssen. Nun aber beschloss sie, mit uns nach Wien heimzureiten.

Der Herzog hatte uns befohlen, den Damen gegenüber keinerlei Befürchtungen zu äußern und die Sache als einen bösartigen, aber bedeutungslosen Streich eines entlassenen Knappen hinzustellen, der sich am Herzog hatte rächen wollen. — So also schwiegen wir, aber umso mehr dachte ich nach, und es tat mir leid, dass Zeno nicht da war, sodass ich es mit ihm hätte besprechen können. Aber Zeno, dachte ich, werde wohl in Wien die Augen offenhalten, und wenn er etwas Verdächtiges bemerkte, so war ja der Freisinger Bischof da, an den er sich wenden könnte.

Dieser Umstand, dass Bischof Otto in Wien zurückgeblieben war, schien auch dem Herzog sehr wichtig und sehr beruhigend, denn er erwähnte einige Male — wenn es die Herzogin nicht hören konnte — wie umsichtig und verlässlich sein Bruder sei und dass er keine ernstliche Sorge hege, solange er den Fürstbischof als Hüter in der Stadt wisse.

Könnt ihr euch vorstellen, welchen Schrecken, welche Aufregung es für uns bedeutete, als wir — noch einen halben Tagesritt von Wien entfernt, einen Reitertrupp auf uns zukommen sahen und wir in dem vordersten der Reiter den Bischof von Freising erkannten?

Der Herzog schien mir einen Augenblick lang ganz versteinert vor Schrecken. „Otto!", schrie er dann auf. „Das ist Otto! Weshalb ist er nicht in Wien geblieben?" Er gab seinem Pferd die Sporen und jagte auf die Entgegenkommenden zu.

Aber das Erstaunen des Freisingers war nicht geringer als das des Herzogs. „Heinrich! Du bist schon auf dem Weg zurück? Weshalb hast du dann mich und den Herrn von Seckau nach Melk berufen?"

„Was habe ich?", fragte der Herzog. Und dann brach er los. „Ja, so mir Gott helfe: wenn ich diese Schurken erwische — und ich werde nicht ruhen, bis ich sie finde, so wird die Welt sehen, wie ich strafen kann! Bin ich Herzog zu Bayern und Markgraf von Österreich oder bin ich ein Hampelmann, den jeder Schurke tanzen lassen kann, wie es ihm beliebt? Ich hätte dich rufen lassen? Und Euch auch, Herr Ottokar? Wann, wie, weshalb hätte ich das getan?"

Es währte eine ganze Weile, bis der Herzog sich so weit beruhigt hatte, dass der Bischof ihm berichten konnte. Kaum einen Tag war der Herzog von Wien fort gewesen, da war ein bayrischer Knappe gekommen, hatte vorgegeben, zu einer bayrischen Gesandtschaft zu gehören, die mit Briefen Kaiser Rotbarts unterwegs sei. Der Graf von Nellenburg, der diese Briefe bei sich trage, habe unterwegs den nach Melk reitenden Herzog getroffen und sei mit ihm — da Herzog Heinrich sich des erkrankten Leupold wegen nicht aufhalten wollte — nach Melk zurückgeritten. Da die kaiserlichen Briefe aber Beratungen erforderten, bei denen der Freisinger Bischof unerlässlich sei, so habe er ihn — und auch den Welfen, den Seckauer, ersuchen lassen, sogleich nach Melk nachzukommen.

Ob der Freisinger nicht gespürt habe, dass alles erlogen sei?

Dieser Gedanke sei ihm nicht im entferntesten gekommen, erwiderte Bischof Otto. Er habe ja auch nicht geahnt, dass die erste Botschaft, die Leupolds Erkrankung meldete, sich als falsch erweisen werde. Dass man den Grafen von Nellenburg mit Briefen vom Kaiser erwartete, das wisse der Herzog so gut wie er selbst; die Nachricht, dass er bereits in Österreich sei, konnte in ihm also keinen Verdacht erwecken. Zudem: der Bote habe genaue Kunde von der kleinen herzoglichen Reisegesellschaft gebracht, habe den Namen des Herrn von Plaien genannt, ja sogar von dem Pferdejungen, dem Bertl — der Freisinger Bischof streifte mich mit einem Blick — habe er gesprochen. Nichts sei ihm, dem Bischof, ferner gelegen als der Gedanke, der Bote könne eine erfundene und erlogene Geschichte erzählen.

Der Herzog nickt kurz, presst die Lippen aufeinander und spricht kein Wort mehr. Die Herzogin hat große, angstvolle Augen. Ich glaube, sie versteht nicht alles, was da vor sich geht; wenn so aufgeregt und rasch gesprochen wird, kommt ein Fremdländer nicht leicht mit. Sie hängt mit ihren Blicken am Herzog, und man sieht, dass sie ihn fragen möchte, aber den Mut dazu nicht recht findet; seine Laune ist allzu drohend und düster.

Da lenkt der Freisinger sein Pferd neben das ihre und redet ihr beruhigend zu. Ich höre nicht, was er sagt, aber ich sehe, dass ihre Züge sich entspannen und dass sie lächelt. Wunderschön ist sie, wenn sie lächelt, unsere griechische Herzogin ...

Ich reite hinter den Herren, so wie es sich gehört, und schau den Seckauer an, der Seite an Seite mit dem Herrn von Plaien reitet und sich erzählen lässt, wie der Leupold uns gesund und munter entgegen gesprungen

ist. Der Seckauer kann sich nicht genug tun in Äuße-
rungen des Zornes und Abscheus über diesen herz-
losen Streich, der das Herzogspaar in solche Aufregung
und Angst versetzt hatte. Und dass nun auch der
Freisinger und er selbst solch einer Falschmeldung zum
Opfer fielen — ja, sieht das nicht aus, als wäre eine
ganze Bande am Werk? — Hoffentlich ist in Wien nicht
der Teufel los, wenn wir heimkommen!

Hoffentlich, denke auch ich. Und sage mir: was
immer dieses Fortlocken des Herzogs und seines Bruders bedeuten soll, der Seckauer hat diesmal nichts damit zu tun, sonst wäre er wohl in Wien geblieben und
man hätte nicht auch ihn mit dem Freisinger entfernen
wollen. Wir haben ihm doch wohl unrecht getan, Zeno
und ich; die Worte, die wir mitangehört haben, hatten
vielleicht eine ganz harmlose Deutung.

Gegen Abend reiten wir in Wien ein. In der Kärntnerstraße rottet sich das Volk zusammen, wie immer,
wenn Herren vom Hof durchs Tor kommen, und Herzog und Herzogin werden mit freudigen Rufen begrüßt. Nichts in der Stadt scheint anders zu sein als
sonst. Keine Feuersbrunst ist ausgebrochen, das Volk ist
nicht in Aufruhr, der Hof steht da wie eh und je, die
Handwerker sind gerade im Begriff, ihre Werkstätten
zu schließen, ein paar Schlosserbuben laufen den Graben entlang, schreien und lachen und singen, als wären
sie allein auf der Welt, aber das machen sie immer so.
Von der Stephanskirche her kommt eine Gruppe von
Steinmetzen im Feiertagsgewand, der alte Oswald ist
unter ihnen und winkt mir zu; ich erinnere mich, dass
die Steinhauer das Fest des heiligen Jakobus festlich

begehen; heute, am Vorabend, haben sie eine Andacht in der Rupertskirche. Kurz, alles ist wie immer und ich möchte fast sagen, dass alles noch friedlicher scheint als sonst; aber das scheint wohl nur so, weil wir ich weiß nicht was an Katastrophen und Hiobsbotschaften erwartet haben.

Wir reiten in den Hof ein, vom Stall kommen die Knechte gelaufen und über die Treppe herab die Kammerfrauen der Herzogin.

„Schläft der Heiner schon?", fragt die Herzogin, noch im Sattel sitzend.

„Freilich", antwortet eine der Kammerfrauen, während der Plaiener hineilt, der Herzogin aus dem Sattel zu helfen. „Ich wollte noch einmal zu dem jungen Herrn hineinsehen, aber Frau Pelagia — sie hat heute den Dienst bei ihm — hatte schon die Türen verschlossen."

„Der kleine Prinz war heute ein wenig müde —", zwitscherte eine zweite Kammerfrau, die Margreth, ein junges Ding, das vor kurzem erst aus dem steirischen Land nach Wien gekommen war. „Frau Pelagia hat ihm seinen Milchbrei schon eine Stunde früher geben lassen und hat uns nachher alle weggeschickt, damit wir in den Vorzimmern keinen Lärm machen und den kleinen Herrn nicht aufwecken ..."

„Möchte wissen, welcher Lärm groß genug wäre, das Kind aufzuwecken, wenn es einmal schläft", murrte der Herzog, Frau Theodora aber, als wäre sie plötzlich von Sorge erfasst, rannte die Stiegen hinauf, ihr Reitkleid raffend, lief so rasch, dass die Kammerfrauen kaum folgen konnten.

Und da — während wir noch im Hof umherstanden und dem Herzog nachblickten, der mit seinem Bruder und einigen anderen Herren langsamer folgte, hörte man aus den Zimmern der Herzogin einen Schrei ...

Ach, was für einen Schrei! Uns allen gefror fast das Blut in den Adern, so wild klang er, so schrill, so verzweiflungsvoll.

Der Herzog riss seine Waffe aus der Scheide und raste die Treppe hinauf, die anderen mit ihm.

Nun, es gab keine Verwendung für eine Waffe. Kein Feind war zu sehen. Aber eine Viertelstunde später wussten wir alle, vom obersten Kammerherrn bis zum letzten Küchenjungen, was geschehen war: die Herzogin war in das Zimmer ihres Söhnchens geeilt. Die Tür ins Vorzimmer war verschlossen gewesen, aber die kleine Tür, die aus dem herzoglichen Schlafgemach in das Kinderzimmer führt und die nie jemand außer der Herzogin selbst benützt, war offen. Frau Theodora war hingeeilt, verwundert, dass man ihr Kommen nicht gehört hatte und ihr nicht entgegenkam. Aber da war niemand; das Zimmer war leer. Nur Lourion erhob sich verschlafen von ihrem Kissen und streckte sich faul. Der kleine Prinz Heiner war verschwunden!

IN DIESER NACHT HAT KEINER IM HOF ANS Schlafen gedacht. Wir versorgten hastig die Pferde und aßen nebenher ein Stück Brot; dann, so wurde uns gesagt, müssten sich alle in der großen Gesindestube versammeln und einer der Herren werde herunterkommen, um uns zu befragen. Für mich galt dieser Befehl wohl nicht, sondern nur für jene, die in Wien zurückgeblieben waren, aber das könnt ihr euch wohl denken, dass ich mich auch mit den andern in die Gesindestube drängte, um etwas zu erfahren. Vorher hatte ich unentwegt nach Zeno ausgeschaut und hatte gehofft, er werde es ermöglichen, zu mir in den Stall zu kommen. Er konnte sich doch denken, dass ich darauf brannte, Näheres zu erfahren. Aber er kam nicht. Wahrscheinlich war es den Pagen verboten worden, die Zimmer zu verlassen.

Es waren alle aufgeregt, die sich da in der Gesindestube zusammendrängten, alle. Ich sah mir der Reihe nach die Gesichter an und überlegte, ob ich wohl aus den Zügen des einen oder anderen Unsicherheit, Schuld oder Angst lesen könnte — aber ich sah keinen Unterschied. Sie redeten wirr durcheinander, jeder versuchte dem anderen zu erklären, was er den Tag über getrieben, wo er sich aufgehalten und aus welchen besonderen Gründen er unmöglich etwas über die Vorgänge am Hof wissen könne.

„Ich habe Gänse gerupft!", schrie der Frieder überlaut. „Ihr müsst es bezeugen! Den ganzen Nachmittag habe ich Gänse gerupft, hinten in der Spülkammer — nicht ein einziges Mal bin ich durch den Hof gegangen! Das muss jeder einsehen, dass ich von nichts wissen kann!"

„Ich habe die Lebkuchen verziert", sagte der Oberkoch; sein dickes Gesicht war blass und der Schweiß lief ihm von der Stirn. „Nur ein Stündchen lang war ich drüben in der Schenke zum ‚Goldenen Lamm', auf einen Dämmerschoppen; der Wirt kann es bezeugen, dass ich drüben war und nirgends sonst!"

„Ich war eingesperrt!", schrie der jüngste Küchenjunge, der Willibald, mit hoher und heller Kinderstimme. „Der Eberhard hat mich in die Wäschekammer gesperrt, weil ich einen Fetttopf zerbrochen habe! Ich bin unschuldig an allem, das ist bewiesen, Gott sei Dank!"

Da mussten alle ein bisschen lachen trotz der Aufregung, denn das schmale kleine Bürschchen, den Willibald, der sich so ängstlich und ungeschickt anließ, hätte gewiss keiner verdächtigt.

„Willibald hat trotz allem nicht so unrecht", sagte da mein alter Christoph gedankenvoll. „Er hat freilich nichts getan, aber jeder von uns könnte froh sein, wenn er seine Unschuld so sicher beweisen könnte wie der Bub in der versperrten Wäschekammer. Denn nun wird es an ein Fragen und Untersuchen gehen, und wer nicht so hieb- und stichfest antworten kann wie der Willibald, an dem kann leicht ein Verdacht hängenbleiben. Denn so viel ist sicher, dass der Räuber Helfer gehabt haben muss."

„Ja. Jeder ist verdächtig, solange bis das Kind wiedergefunden und die Sache aufgeklärt ist", sagte da die Stimme des Freisinger Bischofs, der soeben mit dem Herrn von Plaien die wenigen Stufen herabkam, die von der Küche in die Gesindestube führten. Es kamen einige Knechte mit ihnen, nur solche, wie ich bemerkte, die ihn auf seinem Ritt dem Herzog entgegen begleitet hatten. Ich begriff, dass tatsächlich alle, die in Wien zurückgeblieben waren, vorerst unter Verdacht standen.

„Gut, dass du nicht hier warst, mein Bub", flüsterte mir Christoph zu. „Man weiß nicht, was da heraus kommt. Nein, das weiß man nie. Ich, siehst du, war hinten im Stall bei Brun, aber ich glaube nicht, dass mir das jemand bezeugen kann."

Der Freisinger warf einen raschen Blick in die Runde; seine Knechte hatten Kienspäne mitgebracht, die sie in die Ringe an der Wand steckten; die Pferdeknechte hatten ihre Stalllaternen auf die Tische gestellt, und von der Küche herüber kam das Flackerlicht des großen Herdfeuers. Diese Beleuchtung machte es wohl, dass alle Gesichter unruhig und unsicher aussahen und so, als ob sie etwas zu verbergen hätten.

Der Freisinger mochte Ähnliches denken. „Hört, Leute", sagte er. „Ich möchte, dass ihr mich recht versteht. Keiner von uns Menschen hier auf Erden ist ein Engel, und wenn ich euch nun ausfrage nach dem, was heute hier vor sich gegangen ist, so könnte es sein, dass manches zur Sprache kommt, was ihr lieber verschweigen möchtet — kleine Verfehlungen, meine ich. Da ist vielleicht der eine von euch von der Arbeit weggelaufen, hat eine Stunde geschlafen anstatt zu schaffen oder hat ein Körbchen Speisen aus der herzoglichen Küche verschwinden lassen ... Nun, nun, spart euch die Empörung, meine Herren Köche und Küchenjungen. Dass solche Dinge vorkommen, weiß jeder von uns. Soll nicht sein, gewiss, ist ungehörig — aber ein Verbrechen ist es nicht, und den Kopf kostet es auch nicht. Wohl aber ist ein Verbrechen geschehen, an dem, wie ich hoffen will, keiner von euch Anteil hat: ein unschuldiges kleines Kind ist seinen Eltern geraubt worden.

Wer irgendetwas bemerkt hat, was uns helfen könnte, das Kind und die Räuber zu finden, der muss es sagen — muss es sagen, hört ihr? — Und wenn dabei irgendwelche kleine Verfehlungen zur Sprache kommen, so gebe ich mein fürstliches Wort, dass keiner von euch deshalb bestraft werden soll. Aber es soll keiner mit irgendetwas hinter dem Berg halten, was uns weiterhelfen könnte. Habt ihr verstanden?"

Die Leute nickten. Sie sahen ein wenig erleichtert aus, wandten sich einander zu, ein Murmeln und Raunen begann— alle redeten zugleich.

„Nun", sagte der Freisinger, „beginnen wir mit der Küche. War irgendetwas anders als sonst?"

„Nicht, dass ich wüsste", sagte der Oberkoch. Gestand den abendlichen Dämmerschoppen im „Goldenen Lamm". „Aber ich ging erst, als alles in Ordnung, vorbereitet und meine Arbeit getan war."

„Ich will's glauben", sagte der Bischof und lächelte ein wenig über die Aufregung des dicken Kochs. „Wer blieb in der Küche zurück?"

Das waren der Frieder gewesen, der Bratenkoch Simon, zwei der Küchenjungen und einer der Holzträger.

Der Frieder steht da, streift sich die blonden Haarsträhnen unter die Kappe und stottert vor Aufregung. Er habe zuerst Gänse gerupft und dann die Suppe gerührt, damit sie im Kessel nicht anbrenne. Und da sei eine von den Mägden gekommen, die schwarze Helene, die Griechin, und habe nach dem Milchbrei für den Prinzen gefragt. „Ist doch noch nicht an der Zeit!", hatte der Frieder geantwortet. „Frau Pelagia hat mich aber darum geschickt", hatte das Mädchen geantwortet.

„Hab' ich also den Klaus die Suppe rühren lassen und habe den Milchbrei gekocht", fährt der Frieder fort. „Habe ihn in das silberne Schüsselchen geschüttet und habe ihn der Helene gegeben, dass sie ihn hinaufträgt. Hab' auch gesagt, er sei noch heiß, und sie sollten darauf achten, dass sich der kleine Prinz nicht das Mäulchen verbrenne. Ja, und das ist alles, und mehr weiß ich nicht, Bischöfliche Gnaden."

Der lange Frieder hat einen roten Kopf, und am Ende seiner Rede stottert er noch mehr als am Anfang und ist kaum zu verstehen.

Ob die Holzträger nicht jemanden über den Hof hätten schleichen sehen? Ob nicht Fremde gekommen wären? Nein, niemand. Aber, sagt der eine der Burschen mit Recht, weshalb man das sie frage. Es seien doch die Torhüter da, die müssten es wissen, falls verdächtiges Gesindel sich gezeigt habe.

Der Bischof erwidert scharf, so klug sei er selbst, jedoch einer der Torhüter habe gestanden, dass er — wenn auch nur für eine halbe Stunde — weggelaufen sei, um in der Bognergasse nach seinem kranken Vater zu sehen. Und der zweite sei von einem Kameraden aus der Wachstube angerufen worden, der ihm seine neue Hellebarde hatte zeigen wollen, die er soeben vom Waffenschmied bekommen habe. Etwa zehn Minuten lang also sei eingestandenermaßen das Tor nicht bewacht gewesen.

„Es war ja ruhig und friedlich in Wien innerhalb der Stadtmauern", sagt der Holzträger. „Konnte freilich keiner denken, dass solche Schurken mitten unter uns wohnen."

Der Freisinger seufzte, zuckte die Achseln und wandte sich an das Stallpersonal. Ob irgendjemand um die fragliche Zeit ein Pferd verlangt habe? Ob ein fremdes Pferd eingestellt worden sei — im Stall oder draußen an den Schranken? Oder ob irgendetwas anderes Ungewöhnliches, das vielleicht ganz belanglos scheine, aufgefallen sei?

Nein, antwortet der Hannes. Niemand habe ein Pferd verlangt. Und es sei auch kein fremdes Pferd im Stall gewesen. Nach getaner Arbeit hätten sie sich in eine Ecke zusammengesetzt und hätten eine Weile über den merkwürdigen Burschen gesprochen, der dem Herzog die Botschaft aus Melk gebracht hatte; ein falscher Bote mit einer falschen Botschaft war es gewesen, wie sie also nun gehört hatten; und sie seien alle recht froh, dass dem kleinen Leupold nichts fehle.

„Ja, ja", sagt der Freisinger Bischof ungeduldig. „Schon recht, aber das hat nichts damit zu tun."

„Freilich", meint der Hannes und kratzt sich hinter dem Ohr, „aber ich soll doch berichten, was wir alle getan haben? Nun, und wir haben eben über diesen angeblichen Boten des Pottendorfers gesprochen, und dass keiner von uns ihn kannte. Ja, und dass er dann plötzlich fort war ..."

„Fort?", fragt der Bischof.

„Fort wie Rauch. Hat keiner besonders auf ihn geachtet in der Aufregung, das ist freilich wahr. Aber er hätte sich doch bei uns ausruhen und pflegen sollen nach dem Befehl des Herzogs."

Der Bischof seufzt vor Ungeduld. „Er musste doch fort, ehe der Herzog zurückkam. Konnte sich doch vor ihm nicht mehr sehen lassen!"

„Freilich", sagt der Hannes bedächtig. „Aber er ist mit uns durchs Tor eingeritten, das will ich beschwören — und dann hat keiner von uns ihn noch gesehen ..."

„Mann!", schreit ihn der Plaiener an, „der falsche Bote ist einer Tracht Prügel entgangen oder noch Schlimmerem und das tut mir von Herzen leid, aber heute geht es um anderes! Der kleine Heiner ist geraubt worden und wir müssen ihn wiederfinden! Ist das nicht in dein schwerfälliges Gehirn gedrungen?"

Hannes zuckt die Achseln und ist gekränkt. „Ich hab' gedacht, ich muss alles berichten", sagte er. „Und sonst weiß ich nichts. Wir sind beisammen gesessen und haben gewürfelt, und der Simon hat uns einen Krug Wein aus dem Keller geholt, das war alles — bis die hohen Herren in den Hof geritten sind und die Aufregung begonnen hat."

Der Bischof fragt noch dies und das, aber es ist nichts andres aus den Knechten herauszukriegen, und ich bin sicher, dass sie die Wahrheit sagen. Gewiss sind sie in der Ecke drüben gesessen und haben gewürfelt, bis wir gekommen sind; und es war auch kein fremdes Pferd im Hof.

Lugt plötzlich der Plaiener scharf über meine Schulter hinweg und fragt: „Worüber denkt der Alte dort nach?" Ich drehe mich um und sehe den Christoph, der hinter mir an der Wand lehnt und mit abwesendem Blick vor sich hinstarrt. „Der Hund war so unruhig ...", murmelt er.

Einige Küchenjungen beginnen zu kichern. Wartet nur, denke ich. Ich finde euch schon noch einmal allein, da werdet ihr es dann bezahlen, dass ihr meinen alten Christoph auslacht.

„Welcher Hund?", fragt der Herr von Plaien.

„Brun", sagt Christoph, immer noch in tiefen Gedanken. „Des Herzogs Hund, dem Euer Schimmel den Fuß zerschlagen hat. Ich bin bei ihm gesessen, während die anderen gewürfelt haben, hab' ihm den Kopf gestreichelt und ihm versprochen, dass er bald wieder wird laufen können— ein Hund versteht das und Brun schon gar; er ist wie ein Mensch. Ja nun, aber diesmal hat er mir gar nicht zugehört, keinen Augenblick lang waren seine Ohren ruhig und er hat immer leise vor sich hingeknurrt und hat aufstehen wollen ..."

„Wann war das?"

„Vielleicht zwei Stunden ehe Ihr gekommen seid."

„Und wo liegt der Hund ?"

„Ganz hinten im Stall, Herr."

Herr von Plaien zuckt die Achseln, und mir tut es leid, dass der Christoph so überflüssige Dinge erwähnt, die doch keinesfalls zur Sache gehören können. Bischof Otto scheint dasselbe zu denken, denn er seufzt ungeduldig und steht auf. „Hier erfahren wir nichts mehr, so scheint es, und leider muss ich bezweifeln, dass mein Bruder beim Verhör der Kammerfrauen mehr Glück gehabt hat. — Ich reite jetzt die Stadttore ab; vielleicht erfahren wir dort etwas. Begleitet Ihr mich, Herr von Plaien?"

Der Plaiener nickt, und die beiden Herren wenden sich eben der Stiege zu; wer kommt da würdevoll die Stufen herab? Lourion, vorwurfsvoll miauend und den Schweif senkrecht erhoben. Unwillkürlich lächeln die beiden Herren. „Bertl", sagt der Bischof, „sieh du, dass Lourion Milch bekommt; heute hat man gewiss die Katze vergessen."

„Wenn Lourion reden könnte", sagt der Herr von Plaien, „dann fänden wir das Kind bald. Die Katze muss ja gesehen haben, wie man es entführte. Sie war noch im Zimmer, als wir kamen!"

Ich ließ mir von Frieder lauwarme Milch geben und bot sie Luri an, die offenbar hungrig und durstig war. Dann ritt sie auf meiner Schulter in den Stall; dort angekommen, sprang sie hinab, begab sich zu ihrem Freund Brun und nestelte sich zwischen seinen Pfoten zum Schlafen zurecht. Brun fuhr ihr mit der breiten Zunge zärtlich über das Fell. Auch mich dünkte, dass der Hund unruhig und unzufrieden war, anders als sonst. Vielleicht hat er Schmerzen, dachte ich. Ich kniete neben die Tiere hin. „Der kleine Prinz ist fort", sagte ich. „Brun, Luri, wisst ihr nicht, wo er ist?"

Brun winselte leise, Lourion sah mich aus ihren grünen Augen stumm und rätselhaft an.

GEGEN MORGEN SCHRECKTE ICH AUF, weil jemand mich an den Haaren zieht, und als ich aufschreien will, legt sich eine Hand auf meinen Mund, und eine Stimme flüstert an meinem Ohr: „Sei still! Ich bin es, Zeno! Ich habe nicht früher kommen können, wir sind bewacht worden, als könnte jemand versuchen, auch noch einen von uns zu rauben!"

Er wirft sich neben mich ins Stroh und fängt verzweifelt zu weinen an. „Zeno", sag' ich und weiß gar nicht, wie ich ihn beruhigen soll, „Zeno, ich bitte dich, hör doch auf! Hast du denn den kleinen Prinzen gar so gern gehabt?"

Zeno setzt sich auf. „Gern gehabt!", sagt er. „Ich hab' das Büblein ganz gern gehabt, aber was fängt unsereiner schon an mit solch einem kleinen Kind? Das ist's nicht. Aber den Jammer der Herzogin mitanzusehen und sich dann zu sagen, dass wir schuld daran sind ..., wir, wir ... Bertl, das kann ich einfach nicht ertragen!"

„Was?", sag' ich und bin nun ganz hellwach, „was faselst du da? Wir wären daran schuld? Bist du verrückt geworden?"

„Willst du vielleicht behaupten, dass du noch nicht daran gedacht hast?"

„Woran gedacht?"

„An das Gespräch, das wir damals belauscht haben! ‚Dem Kind darf nichts geschehen!', hat die Frau gesagt. Und er darauf: ‚Nur ein lebendes Kind hat seinen Preis!' Gott im Himmel, du musst es doch noch wissen!" Zenos Stimme zitterte vor Ungeduld. „Damit war der kleine Heiner gemeint!"

„Natürlich weiß ich die Worte noch", sage ich beruhigend, so wie man zu einem kleinen Kind spricht. „Aber wir wissen auch, dass der Seckauer sie gesprochen hat, und der Seckauer war zur Zeit, da das Kind geraubt wurde, mit dem Bischof auf der Straße nach Melk. Er kann's nicht getan haben!"

„Meinst du, der Seckauer ist so dumm, einen Streich nicht so zu planen, dass man ihm nichts nachweisen kann? Ich sage dir: Gerade dass er zur Zeit der Tat nicht in Wien war — gerade das beweist mir, dass er mit der Sache zu tun hat!"

Das kam mir zwar übertrieben vor, aber möglich war's, wenn ich es recht betrachtete. Der Seckauer war schlau.

„Aber wer hat es denn ausgeführt?"

„Die Frau natürlich", sagt Zeno. „Wer sonst? Pelagia. Und natürlich muss sie noch Helfer gehabt haben."

„Pelagia?!"

„Mein Gott, du weißt am Ende noch gar nicht, dass sie auch verschwunden ist, spurlos verschwunden. Offenbar war sie es, die das Kind genommen, in die hellgrüne Seidendecke — die fehlt auch — gewickelt hat und damit fortgegangen ist. Wir sind stundenlang ausgefragt worden, die Frauen und wir Pagen, und nichts ist dabei herausgekommen, nichts!"

„Wo waren die Mägde?"

„Pelagia hat ihnen gesagt, das Kind sei von der Sonne ermüdet und müsse Ruhe haben. Sie zog sich mit ihm ins Kinderzimmer zurück und erlaubte den anderen Zofen, in den Garten hinabzugehen. Es war ein kühler Abend nach einem heißen Tag; sie waren alle froh, die Räume verlassen zu können. Als sie zurückkamen, fanden sie das Zimmer des kleinen Prinzen versperrt; das war nicht ungewöhnlich, Pelagia hatte sich schon öfters mit ihm eingeschlossen, wenn sie mit dem Kind allein war. Die Herzogin vertraute ihr, das weißt du ja."

„Und mittlerweile ging sie mit dem Kind fort und hatte die Tür hinter sich zugeschlossen, sodass alle glaubten, die beiden lägen wie immer in friedlichem Schlaf — ?"

„Genauso."

„Aber, sie können doch nicht durch die Luft entschwunden sein? Hat denn niemand etwas gesehen?"

„Niemand."

„Wo warst du selbst?"

„Ich?", sagt Zeno bitter, „ich habe Federball gespielt mit zwei anderen Pagen, unten im Garten. Nichts habe ich bemerkt, nichts!"

„Schlimm", sage ich. „Aber immerhin: da kann man doch nicht von Schuld reden. Schließlich ..."

„Narr", ruft Zeno. „Wenn wir gesprochen hätten, gleich damals; wenn wir dem Freisinger gesagt hätten, was wir erlauscht hatten ..."

„Kein Mensch hätte es ernst genommen!"

„Vielleicht doch, wenn wir unsre Sache nachdrücklich genug, vertreten hätten! — Begreifst du nicht, was wir angerichtet haben? Dieses Unglück hätte vermieden werden können, wenn wir rechtzeitig gewarnt hätten! Und darüber hinaus?"

„Darüber hinaus ?"

„Darüber hinaus haben wir vielleicht die einzige Möglichkeit versäumt, uns auszuzeichnen, die sich uns jemals bieten wird! Das war eine Gelegenheit, dem Herzog und der Herzogin einen Dienst zu erweisen — und welchen Dienst! Da hätten wir Wünsche frei gehabt! Ich hätte sagen dürfen: Nun hab' ich etwas geleistet, nun schickt mich heim nach Konstantinopel! Das alles haben wir versäumt, aus Nachlässigkeit, aus Gedankenlosigkeit, weil wir nicht ausgelacht werden wollten — und aus hundert anderen dummen Gründen! Und nun ist das Unglück geschehen, und es ist zu spät!"

Ich dachte eine Weile nach. Im Stall begann es sich

zu regen. Der Goldfuchs des Bischofs Otto hob sich aus seiner Streu, schüttelte sich und schnaubte verlangend in seine leere Krippe. Der Schimmel des Plaieners wieherte leise, und des Seckauers brauner Hengst antwortete ihm mit lautem Trompetenton. Vom Lager des Hannes kam ein missvergnügtes Grunzen und ein ärgerlicher Ruf: „Gebt Ruhe, verwünschte Gäule! Es ist noch lange nicht Tag!" Und ich hörte, wie er sich nochmals im Stroh zurechtlegte.

„Zeno!," sagte ich.

Er seufzte.

„Zeno, wir müssen das Kind finden!"

„Als ob das so leicht wäre!"

„Ich habe nicht behauptet, dass es leicht ist! Aber wenn wir es fänden, dann hätten wir alles gutgemacht; und dann könntest du gewiss heim und ..."

„Ja, ja, natürlich! Wenn wir es fänden!", rief er. „Aber wenn wir jetzt sagen, was wir vom Seckauer vermuten, dann ist uns der ‚Unfall', von dem er damals gesprochen hat, ziemlich sicher. Ich habe den Mut nicht, ihm offen entgegenzutreten, ich nicht!"

„Ich will nicht dem Seckauer entgegentreten, ich will das Kind finden!", sagte ich.

„Schön. Und wie willst du das anfangen?" Es klang mutlos.

„Suchen!", erwiderte ich. „Suchen. Irgendwelche Spuren müssen sie ja hinterlassen haben!"

„Seit gestern Abend gibt es kaum einen Menschen in Wien, der nicht nach solchen Spuren sucht!"

„Einer wird das Glück haben und sie finden. Und das kann einer von uns sein." Ich sprach mit größerer

Zuversicht, als ich eigentlich fühlte. Aber was war denn anderes zu tun? Man musste suchen und auf das gute Glück hoffen.

Vom Häuschen des Torhüters klang der Weckruf. „Du musst gehen", sagte ich. „Aber komm wieder, sobald du kannst!"

Zeno nickte und glitt die Leiter hinab. Ein bisschen langsamer folgte auch ich.

ZWEI STUNDEN SPÄTER IST ETWAS ENTSETZLICHES geschehen: sie haben meinen alten Christoph eingesperrt!

Ich habe es zuerst gar nicht glauben wollen, als der Frieder die Nachricht in die Gesindestube brachte; habe gedacht, sie wollen mich nur erschrecken; manchmal machen die Burschen so rohe Späße. Als ich aber erfasst hatte, dass es die Wahrheit ist, da hab' ich nicht gewusst, was ich beginnen soll vor Aufregung und Verzweiflung.

In der Gesindestube hat man von nichts anderem gesprochen. Die meisten waren wohl der Ansicht, dass den Alten unmöglich eine Schuld treffen könne; einige aber, besonders die fremden Knechte, die ihn nicht so gut kannten, meinten, es müsse doch etwas dahinterstecken, und man habe gut daran getan, ihn ins Loch zu sperren.

Ich habe, sobald der erste Schrecken vorüber war, versucht herauszufinden, wie alles vor sich gegangen war — aber es hat länger als eine Stunde gedauert, bis ich klargesehen habe; die anderen waren nicht viel weniger aufgeregt als ich selbst und keiner war vom Anfang bis zum Ende dabei gewesen.

Schließlich habe ich es erfahren: am Vormittag, nach dem alle Pferde versorgt waren, ist der alte Christoph plötzlich aus dem Stall verschwunden gewesen und niemand hatte darauf geachtet, wo er hingegangen war. Etwa eine halbe Stunde später war einer von den herzoglichen Kammerdienern gekommen, sich für die Beschläge der Truhen von dem Pulver zu holen, das der Stallmeister zum Putzen der Metallteile an den Pferdegeschirren benützt und das er immer selbst bereitet. Wir alle wollten schon immer gerne wissen, wie er es mischt, aber er hütet die Zusammensetzung als großes Geheimnis.

Der Kammerdiener also kommt, bittet darum, und einer der Knechte des Seckauers hört das und fragt, ob auch er ein wenig davon abbekommen könnte, es einmal zu versuchen. — Ja, sagt der Stallmeister, es sei noch genug davon da, in dem Schrank auf der Kellertreppe sei es verwahrt, denn es müsse kühl aufbewahrt werden. Sie sollten nur gehen und sich davon nehmen.

Die beiden also gehen zusammen durch die kleine Futterkammer auf die hintere Kellerstiege; unten, auf dem Treppenabsatz, von dem aus die Tür in den Weinkeller führt, steht der Schrank.

Wie sie nun hinuntersteigen — was sehen sie da? Mein alter Christoph steht vor der Kellertür, in Gedanken versunken, und wendet und dreht zwischen seinen Fingern ein sonderbares, aus Holz geschnitztes Kinderspielzeug, ein Pferdchen, denken sie erst, mit feinem Leder überzogen und mit einer Schabracke aus Samt.

Wie sie näher hinsehen, bemerken sie, dass das Tier einen langen Schwanenhals hat und einen Höcker auf dem Rücken. „Das ist ein Kamel!", schreit der Kammerdiener. „Ein Spielzeug ist das, das dem kleinen Prinzen Heiner gehörte! Woher hast du es?"

Der Christoph schaut sie an — ganz dumm schaut er sie an, sagen sie — und es ist wohl wahr, dass er manchmal ein wenig langsam denkt. Er habe das sonderbare Zeug soeben gefunden. — Wo gefunden? — Nun, hier! Hier, wo er stehe!

Was er hier zu suchen gehabt habe? —

Nun, eigentlich nichts. Er habe nur eben nachsehen wollen, ob da alles in Ordnung sei und dabei sei er über das Ding da gestolpert.

Nachsehen? Was nachsehen? Weshalb gerade hier nachsehen?

Nun, nichts Besonderes. Er habe ja schon gesagt, der Hund sei unruhig gewesen ...

„Da stimmt etwas nicht!", hat der Seckauer Knecht gerufen. „Der Alte ist verdächtig! Komm! Führen wir ihn dem Herzog vor! Ich möchte wetten, er weiß etwas, was er nicht sagen will!"

Dann haben sie meinen armen alten Christoph vor den Herzog geschleppt. Der Herzog, halb von Sinnen aus Sorge und Angst um sein Kind, hat ihn angefahren, man werde ihn wohl zum Reden bringen; wenn er es nicht freiwillig tue, so gebe es Mittel dazu. Vergebens beteuerte Christoph, dass er nichts andres wisse, als was er schon gesagt habe; sie nahmen ihn und führten ihn hinab in eine Kammer im Keller, die schon öfters Schelmen zum unfreiwilligen Aufenthalt gedient hatte.

Ich wusste nicht, was ich tun sollte. Das Kellerverlies hatte eine Art von Luftloch, das in den Krautkeller hineinging — von dort aus hoffte ich mit ihm sprechen zu können. Aber als ich versuchte dort hinabzusteigen, scheuchte mich eine Wache zurück. Der Herzog habe Befehl gegeben, dass niemand mit Christoph reden dürfe, ehe er sich nicht entschlossen habe, alles zu sagen, was er wisse.

Abends jedoch winkt mir der Frieder, sagt, er und der dicke Rupert hätten die Wache von elf bis eins, und sie wollten mich wohl ans Loch heranlassen, wenn ich vorsichtig sei und sie nicht ins Gerede bringe. Der Oberkoch nimmt mich beiseite und gibt mir heimlich ein Stück Speck und ein Brot; und auch der Hannes zieht im Stall einige Schnitten Wildbraten hervor — alles so schmal geschnitten, dass man es mit einem Stock durch ein enges Loch schieben kann. Da wird mir wieder etwas leichter ums Herz, denn ich sehe, dass in Stall und Küche doch die meisten an Christophs Unschuld glauben.

Als es Nacht ist, nehme ich Fleisch und Brot und steige hinab. Frieder und Rupert stehen unten im Krautkeller und halten Wache, jeder auf einen mächtigen Bratenspieß gelehnt. Als sie mich kommen sehen, schauen sie starr geradeaus und tun, als trüge ich eine Tarnkappe, und als könnten sie mich nicht wahrnehmen, obwohl ich zwischen beiden hindurch muss, so nahe, dass ich an das Gewand des dicken Rupert streife. Mir ist, als sähe ich ihn grinsen ...

Hinten im Keller liegt ein Berg von Krautköpfen bis zur halben Höhe der Wand; darüber sehe ich ein

schwarzes Loch, so groß, dass ein Männerarm hinein-
langen könnte. Dort hinten muss Christoph sein. Ich
ziehe die Holzschuhe aus, die ich im Stall trage, und
beginne den Krautberg zu ersteigen und als ich glücklich oben bin — es war gar nicht so leicht, die Kraut-
köpfe rollten immer wieder unter meinen Füßen weg
—, kann ich gerade meinen Mund an die Öffnung legen.

„Christoph!", rufe ich leise.

Nichts —

„Christoph!" Da ist mir doch, als hörte ich es sich
regen, tief, tief drunten. „Christoph!"

Da antwortet eine Stimme, die ganz hohl und
verändert heraufklingt: „Ja? Wer ist's?"

„Ich bin's, Bertl!"

„So", sagt die Stimme. „Du, Bertl! — Ich hab' nichts
verbrochen! Ich weiß nicht, wo das Kind ist!"

„Das weiß ich, Christoph, dass du keine Schuld
trägst!"

„Ja, weißt du's? Dann ist's ja gut", sagt der Alte.
Und schweigt.

„Christoph?"

„Ja, Bertl?"

„Ich muss dich da herauskriegen!"

Lange Stille. Dann: „Das wäre freilich gut, Bub!"

„Ich geh zum Herzog!"

„Hilft nichts!"

„Zum Freisinger Bischof ..."

Pause. „Wird auch nichts helfen ..."

„Aber es muss doch etwas geschehen!", schrei' ich
so laut, dass der Frieder und der Ruppert erschrecken

und herüberrufen: „Wirst wohl leise sein, verwünschter Bub?"

„Es muss doch etwas geschehen!", wiederhole ich, diesmal im Flüsterton.

„Man müsste eben das Kind finden!", sagt der Alte. „Dann, weißt du, würde es wohl ans Licht kommen, dass ich unschuldig bin!"

Ja, denke ich, freilich müsste man das Kind finden. Wir müssen es finden, müssen es finden ...

„Du, Bertl ..."

„Ja, Christoph?"

„Wie heißt das Tier, du weißt schon, das Spielzeugtier, das ich gefunden habe? Kann mir's nicht merken!"

„Kamel nennen sie's."

„Kamel ... Du, höre: unsre Pferde sind mir lieber!"

„Mir auch, Christoph!"

„Dem Rotschimmel musst du das rechte Sprunggelenk massieren. Und vergiss nicht, dass der Schimmel des Herrn von Plaien kein Kleeheu verträgt."

„Weiß ich alles, Christoph."

„Na, dann geh nur wieder, Junge."

„Ja, Christoph", sag' ich, schiebe ihm das Fleisch in das Loch und helfe mit einem Stock nach, bis ich höre, dass es innen an der Wand hinunterfällt; dann kommen der Speck und das Brot dran. Als ich mich bücke, sehe ich, dass zwischen den Krautköpfen wohl einige Dutzend rotwangiger Äpfel liegen; die hat sicher der Frieder dorthin gelegt, damit ich sie finde und dem Christoph hinunterschieben kann. Das tu ich denn auch und rufe dem Christoph hinab, er solle zusehen, ob er sie auffangen kann. Da höre ich den Christoph ein wenig lachen. Vielleicht ist es auch ein Schluchzen. Die Äpfel fallen wie schwere Tropfen in das Loch hinab.

„Christoph?"

Aber er antwortet nicht mehr. Da muss ich eben wieder gehen.

AM NÄCHSTEN TAG hab' ich bis mittags gearbeitet, dann habe ich es nicht mehr ausgehalten und bin hinübergelaufen zum Freisinger Hof. Ich muss den Bischof sprechen, habe ich gesagt. Der Torhüter hat bloß gelacht. Ob ich glaube, dass der Bischof für jeden Lausejungen zu sprechen sei.

Sage ich — Gott verzeih mir die Frechheit — ich sei für den Goldfuchs verantwortlich, der im herzoglichen Marstall stehe, und das sei der Grund, weswegen ich den Bischof sprechen müsse. Ich denke mir: wird wohl der Bischof, der Bruder unseres gnädigen Herrn Herzogs, nicht so viel anders sein wie der Herzog selbst und wird wohl auch ihm ein gutes Pferd wichtiger sein als alles andre.

Und richtig: kaum rede ich vom Goldfuchs Fulvia, als mich der Türhüter auch schon hereinlässt und mich einem Diener überantwortet, der mich ins Arbeitszimmer des hochwürdigen Herrn führt. Der Bischof ist blass und hat dunkle Ringe um die Augen und hat gewiss in dieser letzten Nacht keine Minute lang geschlafen.

„Er kommt wegen des Goldfuchses!", beginnt der Diener.

Der Bischof winkt ihm, wieder zu gehen und wendet sich mir zu. „Nun? Was ist's mit dem Pferd?"

Aber jetzt ist mir alles gleich, ich lüg' nicht mehr. „Das habe ich vorgeschützt, damit ich eingelassen werde", sage ich. „Mit dem Pferd ist alles in Ordnung. Aber ..." Ich kann mir nicht helfen, mir laufen die Tränen über die Wangen. Wenn ich jetzt die rechten Worte nicht finde — und ich werde sie nicht finden, ich bin nicht so gewandt wie Zeno ...

„Nun, nun, Bub", sagt der Freisinger. „Was ist dir denn geschehen?"

„Es ist wegen des Christoph, Herr Fürstbischof ..."

„Wer ist Christoph?"

„Das ist der alte Pferdeknecht, gnädiger Herr, mein Pflegevater, den man eingesperrt hat, weil er das fremdartige Spielzeugtier gefunden hat, das Kamel. Aber Christoph hat nichts mit der Sache zu tun, darauf will ich die Hostie nehmen ... und ..."

„Schön von dir, dass du für deinen Pflegevater eintrittst", sagt der Bischof. „Und ich will dir aufrichtig sagen, dass ich auch nicht recht an eine Schuld des Alten glauben konnte. Er hat ein zu ehrliches Gesicht; und in seinen Jahren, wenn man ein Leben lang treu war, wird man nicht mehr so leicht zum Schurken. Und was willst du nun von mir? Der Herzog ist blind vor Aufregung und Zorn. Soll ich mich dafür verwenden, dass er den Alten freilässt?"

„Herr Bischof", sag' ich —, „so gütig das von Euch wäre und so gern ich's möchte: es wäre vielleicht nicht gut. Es gäbe doch Leute genug am Hof, die meinen alten Christoph scheel ansehen würden — und ich kenne ihn, das ertrüge er nicht. Nein, er soll erst herauskommen, wenn seine Unschuld klar erwiesen ist ... Aber vielleicht könnte man ihm unterdessen einige Erleichterungen gewähren: warme Decken und ..."

„Ich will's anordnen", sagt Herr Otto. Schaut mich scharf an und meint: „Aber du hast noch was andres auf dem Herzen!"

„Ja ...", stottere ich. „Das ist schon wahr ... Ja. Aber ich möchte nicht falsch verstanden werden ..."

„Ich werde mich bemühen", sagt der Bischof lächelnd, „dich richtig zu verstehen."

Jetzt spottet er, ich spür' es wohl. Aber was kann ich dagegen tun? — „Ich meine, wir beide, Zeno und ich, könnten vielleicht von Nutzen sein bei der Suche nach dem Prinzen. Wenn die großen Herren geritten kommen, so ist da viel Lärm und Aufwand und die Spur — falls eine vorhanden ist — wäre gleich verwischt. Aber um zwei Buben, wie wir es sind, kümmert sich keiner. Wir könnten vielleicht doch irgendetwas entdecken."

Er schaut mich zweifelnd an. Fragt aber doch: „Und was soll ich dabei?"

„Ihr sollt uns von der Arbeit losbitten, Herr Bischof", sage ich kühn. „Denn wenn der Zeno Dienst tut, und ich zu jeder Futterzeit im Stall sein muss, wie sollen wir dann eine Spur verfolgen, falls wir eine fänden?"

Der Bischof schaut noch ungewisser drein und meint: „Bin ich sicher, dass das nicht nur ein Vorwand ist, sich von der Arbeit zu drücken?"

Ich kriege einen roten Kopf und sage nichts mehr; ich mag es nicht leiden, wenn ich ungerecht verdächtigt werde. Da fährt er fort: „Aber wir müssen alles tun, was nur irgendwie Erfolg verspricht. Und du wirst dich wohl schon um des alten Christoph willen bemühen, wenn schon nicht wegen des Prinzens ... Gut. Lauf! — Sag dem Stallmeister, ich hätte dich zu besonderem Dienst nötig, dich und den Zeno auch. — Und bringt mir Nachricht, wenn ihr auch nur die Andeutung einer Spur zu entdecken glaubt."

Ich laufe zurück zum Hof, dem Zeno die Nachricht zu bringen, und ich bin recht zufrieden mit mir: denn wenn man etwas erreichen will, ist es doch das erste, dass man sein eigener Herr ist, und dass einem nicht irgendjemand befehlen kann: Daher, Bertl! Dieses Pferd gestriegelt und jenem dort die Hufe gewaschen! Wenn man doch gerade Wichtigeres vorhat.

Heute gab es keinen Türhüter vor den herzoglichen Gemächern und niemand hinderte mich, als ich hinaufstieg. Die Kammerfrauen saßen in den Vorzimmern herum wie eine Schar verschüchterter Hühner, und besonders die schwarze Helene fiel mir auf; sie war totenbleich und hatte rote, entzündete Augen, als hätte sie tage- und nächtelang geweint. Lourion kam mir kläglich miauend entgegen. Offenbar nahm sich niemand die Zeit, ihr die gewohnte Zärtlichkeit zu spenden. Ich nahm die Katze auf den Arm und fragte nach Zeno. Er sei bei der Herzogin, hieß es.

In diesem Augenblick flog die Tür auf, und Zeno stand auf der Schwelle. „Wer ist da?", fragte er, ehe er mich erblickte. „Die Herzogin hat eine fremde Stimme gehört. Oh, du bist es nur!"

„Zeno", ruft von drinnen die Herzogin Theodora. „Zeno — ist jemand da, der Nachricht bringt?"

„Es ist nur ein Freund von mir", sagt Zeno und

flüstert mir zu: „Es ist herzzerreißend. Sie hört nicht auf zu weinen."

„Bring ihn herein, Zeno!"

Zeno zuckt die Achseln. Seine Miene sagt deutlich, dass die Herzogin nicht ganz bei Sinnen ist, und dass sie kaum weiß, was sie spricht. Aber er winkt mir und hält mir die Tür offen, sodass ich eintreten kann. Die Herzogin sitzt an der leeren Wiege des geraubten Kindes und ihre schönen dunklen Augen sind trüb von Tränen. Als sie mich sieht, ist mir, als hätte sie schon wieder vergessen, dass sie den Befehl gegeben hatte, mich eintreten zu lassen. Dann kommt ihr doch die Erinnerung. „Ist das nicht der Junge, der damals die Fische für Lourion aufgetrieben hat?"

„Ja", sagt Zeno, „das ist er."

Sie wendet sich ab und presst die seidenen Kissen der Wiege an ihr Gesicht. „Ich will mit jedem sprechen", sagt sie, „mit jedem ... Irgendjemand muss doch etwas wissen. Gerade ihr, Knappen und Knechte, ihr kommt mit mancherlei Volk ins Gespräch, ihr könnt leichter etwas erfahren, als wir Frauen ..." Ihre Stimme versagt. „Wer hasst mich denn so", ruft sie dann verzweifelt, „wem habe ich denn etwas zuleide getan in eurem Österreich, dass er mir das zufügen konnte!" Sie kümmert sich nicht mehr um meine Gegenwart, wirft sich über die Wiege und weint und weint ...

Sag' ich: „Frau Herzogin, wissen tu ich nichts, aber da sind unser viele, die nicht ruhen wollen, bis der Prinz gefunden ist. Und wenn ich den Zeno ausbitten dürfte, dass er mit mir suchen könnte ..."

„Glaubt ihr denn", sagt die hohe Frau leise, „glaubt

ihr denn, dass das Kind noch am Leben ist?"

„Nur ein lebendes Kind hat seinen Preis", sag' ich, genau wie der Seckauer — sie kann ja nicht wissen, woher ich diese Worte habe, aber Zeno nickt mir zu und ballt die Fäuste.

„Es gibt nichts, was ich nicht mit Freuden opfern würde für das Kind", sagt sie leise. „Aber das täte jede Mutter", und sie winkt, wir sollen gehen.

WIR LAUFEN ZUM STALL HINAB, und noch im Laufen fragt mich Zeno: „Was tun wir als Erstes?"

„Ich meine, es gibt nur zwei Dinge zu tun: erstens darf man den Seckauer nicht aus den Augen lassen; zum zweiten: sollte es nicht möglich sein, den falschen Boten aufzuspüren?"

Zeno schlägt sich mit der flachen Hand vor die Stirn. „Der Bote! Natürlich! An den hat ob all der Aufregung überhaupt niemand gedacht! Der könnte den Schlüssel zum Geheimnis haben. Aber wo sollen wir beginnen, ihn zu suchen?"

„In Wien ist er kaum", sage ich, „alle waren darin einig, dass er nicht mit den Knechten in die Stadt zurückgekehrt ist. Er wird irgendwo vor den Toren übernachtet haben. Vielleicht hat ihn jemand erkannt."

„Wird sich gehütet haben, bei jemandem abzusteigen, der ihn kennt!"

Darin konnte ich dem Zeno nicht unrecht geben. Aber schließlich: diese schlimme Angelegenheit war wie ein Knäuel von verwirrten Bindfäden; man musste sie drehen und wenden und nicht aus der Hand lassen, dann fand sich doch vielleicht irgendwo ein loses Ende.

Schließlich beschlossen wir, dass fürs Erste einmal Zeno herausfinden sollte, was der Vogt von Seckau trieb, während ich in den Dörfern rund um Wien herumstreichen und versuchen wollte festzustellen, wo der falsche Bote geblieben war. Zudem: man konnte mit dem Kind ja nicht unentwegt weitergeritten sein, musste irgendwann und irgendwo Rast gemacht haben. Je rascher man dem auf die Spur kam, desto besser. Bei dieser Überlegung wurde mir klar, dass es unklug war, diese Nachforschungen allein zu machen. Es ging zu viel kostbare Zeit dabei verloren. Aber welchen Kameraden sollte ich mir suchen? Ich hatte keine Lust, einen der Stallknechte oder Köche einzuweihen.

Schließlich lasse ich mich kurzerhand beim Herrn von Plaien melden, sage ihm, was wir vorhaben und dass ich in den Wirtshäusern außerhalb der Tore nachfragen möchte. Ich würde nach Norden reiten, und er könnte vielleicht, wenn es ihm vernünftig schien, entlang der Kärntnerstraße seine Nachforschungen anstellen.

Der Plaiener lacht und fragt, ob wir denn wirklich glaubten, dass wir Buben allein diesen Gedanken gehabt hätten. Noch in der Nacht seien Reiterabteilungen auf jede Straße entsandt worden, die von Wien ins Land hinausführt. Sie könnten keinen großen Vorsprung haben, die verwünschten Kindesräuber, nicht mehr als einige Stunden. Wenn nicht Zauberei im Spiel sei, müssten unsere Reiter sie zu dieser Stunde schon eingeholt haben.

„Braucht keine Zauberei", sage ich. „Braucht bloß ein wenig Überlegung von dieser Frau Pelagia und jenen, die mit ihr im Bunde sind. Sie werden sich hüten, sich auf der Straße fangen zu lassen. Irgendwo außerhalb von Wien halten sie sich verborgen, das ist meine Meinung, in einer Herberge oder in einem Bauernhaus, bis die Überwachung der Straßen wieder aufhört. Und da gilt es, sie aufzuspüren."

„Kann eine langwierige Sache sein", meint der Plaiener, „aber recht magst du haben. Hat der Seckauer wirklich damit zu tun, wie ihr meint, so wird er sich ja wohl über kurz oder lang mit den Entführern ins Einvernehmen setzen und kann uns dadurch auf die Spur bringen. Hoffentlich hält dein Zeno die Augen offen und lässt sich nicht abschütteln."

Nun, da konnte er beruhigt sein.

ICH NEHME MIR EINES von den herzoglichen Reservepferden und, da man doch irgendwo beginnen muss, reite zum Schottentor hinüber, um mit Sievering anzufangen. Der Wirt dort ist ein Verwandter des Steinmetzen Oswald, dort wird es mir nicht schwer sein, Nachforschungen anzustellen.

Schwer aber wurde es mir, aus dem Tor hinauszukommen. Des Herzogs Kriegsknechte hielten dort Wache unter dem Befehl von zwei der frommen Väter aus dem Schottenkloster, die den Harnisch über das geistliche Gewand gezogen hatten und jeden, der die Stadt verlassen wollte, auf Herz und Nieren prüften.

Ich habe hinüber reiten müssen ins Kloster und den Vater Küchenmeister als Zeugen holen — der kannte mich vom Essentragen —, ehe ich passieren durfte.

Es wurde schon langsam Herbst. Auf den Hügeln hinter dem Sieveringer Dorf färbten sich die Trauben. Die Welt sah still und friedlich aus, hier vor den Toren, es schien mir kaum glaublich, dass es in solch einem Land Menschen geben konnte, die es unternommen hatten, ein Kind seinen Eltern zu rauben.

Der Sieveringer Wirt war im Keller damit beschäftigt, ein Fass Wein abzuziehen. Ich stieg die steile Stiege zu ihm hinab, sagte ihm einen schönen Gruß vom Oswald, obwohl der Oswald gar nicht wusste, dass ich hier war und half ihm bei der Arbeit. Denn das weiß ich längst, dass man nichts Kluges erfahren kann, solange einer mehr an seiner Hände Arbeit denkt, als an die Rede des andern. Erst als das Fass ordentlich gefüllt, verschlossen und auf den Lagerhölzern zurechtgerückt war, kam ich mit meinen Fragen heraus. Ob der Wirt nicht eine Reisegesellschaft gesehen habe, Frau, Kind und wohl auch etliche Männer? Eine Reisegesellschaft, die es sicher nicht ganz verbergen hatte können, dass sie unerkannt bleiben wolle.

Der Wirt schnitt mir ein Stück Brot vom Laib und stellte mir einen Krug Wein hin — mehr, als ich in meinem ganzen Leben bisher getrunken hatte. Sah mich schlau aus den Augenwinkeln an.

„Hab' es gerüchtweise schon vernommen", sagte er. „Ist also wirklich etwas dran? Das Kind des Herzogs ist geraubt worden?"

„Hast was gesehen? Ihr Wirte hört ja das Gras wachsen!"

„Gesehen habe ich nichts als die herzoglichen Reiter auf der Landstraße", sagt er und tut seinerseits einen tüchtigen Zug aus dem Weinkrug. „Aber wenn du mich fragst: dieses Suchen in den Dörfern und auf den Straßen hat nicht viel Sinn. Ich meine, dass sie das Kind auf dem Strom fortgeschafft haben."

„Auf der Donau?", rufe ich erschrocken. „Zu den wilden Ungarn hinunter?"

„Müsste nicht sein", meint der Wirt bedächtig. „Haben sich vielleicht nur eine kleine Strecke stromabwärts treiben lassen und sind dann am jenseitigen Ufer wieder stromauf gerudert. — Denk mal darüber nach. Ich, wenn ich die Stadt Wien heimlich verlassen wollte, ich täte es zu Wasser."

Freilich dachte ich darüber nach. Und wie ich nachdachte! Wenn sie vom Hof übers Gestade hinab ans Ufer gegangen waren und dort ein Boot bereit gelegen hatte ... Aber dann müssten sie die Donaufischer bemerkt haben. Die kannten jedes Boot etliche Meilen stromauf und stromabwärts, die ließen keinen Fremden unbefragt, der am Ufer anlegte. Ob ich beim alten Kajetan nachforschen sollte?

„Das Beste, meine ich", sagte der Sieveringer Wirt, „wäre wohl, einfach ruhig und geduldig zu warten. Die Räuber müssen sich ja selbst melden."

„Warum?", sage ich töricht.

Der Wirt lacht. „Sie haben das Kind nicht aus Bosheit allein geraubt, dummer Kerl, sondern weil sie es eintauschen wollen — gegen Geld oder was weiß ich. Also müssen sie doch mit Forderungen an den Herzog herantreten. Vielleicht sind sie dabei so unvorsichtig, dass man sie fassen kann. Nun, Bub, reit weiter. Tut mir leid, dass ich dir nicht helfen kann — dir nicht und dem

Herzog nicht. Sollte ich etwas Verdächtiges bemerken, so gebe ich Nachricht, dessen kannst du sicher sein."

Ich frage noch nach dem Boten, beschreibe ihn, so gut ich kann, aber der Sieveringer Wirt behauptet, nie einem solchen Mann begegnet zu sein.

Daraufhin bin ich noch nach Grinzing geritten, ohne rechte Hoffnung, nur weil es doch am Wege lag. Und hier habe ich mehr Glück. In dem kleinen Gasthof neben der Kirche erfahre ich, dass ein Mann, auf den die Beschreibung des falschen Boten passt, hier gerastet hat.

„Das heißt, es waren eigentlich zwei Männer", erzählt mir die Wirtin, die offensichtlich froh ist, ihr Wissen an den Mann zu bringen. „Und da war etwas, was mir aufgefallen ist: von verschiedenen Richtungen sind sie gekommen, der eine auf einem leidlich frischen Pferd, der andere auf einem abgetriebenen Gaul, der kaum mehr traben konnte. Hier haben sie die Pferde getauscht. Jener, der nun das müde Ross bestiegen hat, ist nach Wien hinab geritten, der andere dort hinüber, der Donau zu."

„Wie hat der andere ausgesehen?", frage ich gierig.

„War ein Ritter, möchte ich glauben", sagt die Frau. „Nicht jung, nicht alt, nicht schön, nicht hässlich ..."

Was soll man mit solch einer Beschreibung anfangen? „Hat er gar nichts gesagt oder getan, was dir aufgefallen ist?"

„Nichts ..., das heißt: etwas doch, er hat eine Suppe hier gegessen, waren Fleischknödel darin ... ‚die Klöße sind gut', hat er gesagt. Klöße! Muss einer aus dem Norden gewesen sein!"

Der Welf, denke ich. Der Ottokar von Seckau! Kann auch ganz gut stimmen; er ist an jenem Tag verspätet zur Jagd gekommen, hat einstweilen dem falschen Boten das abgetriebene Pferd gebracht und ihm gesagt, wie er sich verhalten soll. Gewiss war's der Welf — aber wie kann man's beweisen? Immerhin war mein Ritt nicht gänzlich ohne Ergebnis gewesen, und ich beeilte mich nun, in die Stadt zurückzukommen; ich musste mit dem Herrn von Plaien die Möglichkeit besprechen, dass die Räuber auf dem Fluss entkommen waren und musste ihm auch alles Übrige erzählen.

Als ich schon dem Schottentor nahe bin, kommt von Westen herüber ein Herr geritten, muss ein Ritter sein nach seinen Waffen und seiner Art, aber über viel Reichtum kann er kaum verfügen, denn das Pferd, auf dem er sitzt, würde im herzoglichen Marstall keinen Hafer bekommen; alt scheint es zu sein, und steif in den Gelenken ist es auch schon. Er hat auch keinen richtigen Knappen bei sich, dieser Ritter, nur einen halbwüchsigen Jungen, dessen Pferd noch um einiges weniger wert ist als das andere. Ich fühle mich überlegen auf meinem hochbeinigen Braunen.

Als sie näherkommen, sehe ich, dass der Junge eine Laute trägt, sorgsam in ein Tuch eingeschlagen, als könne ihr die feuchte Abendluft schaden. Es wird also wohl ein fahrender Sänger sein, der Wien besuchen will. Der ist auch zu keiner guten Zeit gekommen, denke ich.

„He da, Junge!", ruft der Ritter. Ich halte mein Pferd an und grüße. „Ist euer Herzog in Wien oder muss ich etwa noch auf die Newenburg weiter reiten, um ihn zu treffen?"

„Freilich ist er in Wien", erwidere ich. „Aber ich weiß nicht, ob Ihr ihn werdet sprechen können." Weiter rede ich nichts, denn mir fällt ein, dass ich doch nicht mit jedem Fremden von dem reden kann, was uns in Wien allein angeht.

„Ich muss ihn nicht sprechen, wenn's nicht sein kann", sagt der Ritter. „Aber dort, einen Tagesritt donauaufwärts, bin ich einem Reiter begegnet, der mich gebeten hat, einen Brief für euren Herzog mitzunehmen, als er hörte, dass mich mein Weg nach Wien führt. Komm, Bub, zeige uns den Weg zum Hof!"

Ich bin also voran geritten und beim Schottentor haben die Wachen den Fremden nach seinem Namen und nach dem Zweck seiner Reise gefragt, wie es der Herzog so will. Da habe ich nun gehört, dass der junge Ritter ein Sänger sei, daheim im Land oberhalb der Enns, der Kürenberger nenne er sich. Er hoffe, am Hof vor dem Herzog singen zu dürfen und sich reichen Lohn zu ersingen.

Der Wachsoldat sah den jungen Sänger mit einem schrägen Blick an, meinte, damit werde er wohl kein Glück haben zu Zeiten, wie es die jetzigen seien. Den Einlass freilich könne er ihm nicht verwehren; auch werde er gewiss gastfreundlich aufgenommen, des Kürenbergers Name sei überall bekannt.

Der junge Sänger dankte für diese Worte mit einer Handbewegung, und ich bemerkte, dass er überlegte, ob er fragen solle, weshalb denn die Zeit so ungünstig sei. Dann unterließ er es, weil er es wohl nicht schicklich finden mochte, sich darüber mit der Torwache in ein Gespräch einzulassen.

Ich führte ihn also an den Hof, und auch da sah man sogleich, dass sein Name bekannt war, sodass ich mich fast schämte, weil ich noch nie von ihm gehört hatte. Aber woher soll ein armer Pferdejunge auch wissen, welche Namen draußen in der Welt Klang haben? Das muss alles eines Tages anders werden!, gelobte ich mir.

Der junge Sänger wurde in allen Ehren zum Herzog geleitet und wir — sein junger Knecht und ich — wir führten die beiden müden Gäule in den Stall, die also doch zu herzoglichem Hafer kamen. Wir waren kaum damit fertig, sie zu füttern und zu tränken, als der Hannes zum Stall hereinstürzte. „Habt ihr's schon gehört?", schrie er, „habt ihr's schon gehört? Diese himmelschreiende Frechheit! Wenn ich je diese Burschen zwischen meine Hände bekomme ..."

„Was gibt es denn? Was ist denn geschehen?"

„Dem Herzog ist ein Brief überbracht worden, von einem ritterlichen Sänger, heißt es, dem unterwegs ..."

„Ja, ja, ich weiß schon, weiter!"

„In diesem Brief steht, der kleine Prinz Heiner sei wegen des Eigensinnes seines Vaters in sicheren Gewahrsam gebracht worden. Sobald der Herzog feierlich auf Bayern Verzicht geleistet habe, werde man das Kind zurückbringen."

„Und ...", sage ich, „und ... was tut der Herzog?"

„Der Herzog soll außer sich sein vor Zorn", weiß der Hannes zu berichten. „Er lasse sich nicht zwingen, soll er geschrien haben, und schon gar nicht durch solch niederträchtige Mittel."

„Und man hat keine Ahnung, wer diesen Brief geschrieben hat?"

„Nein", sagt der Hannes. „Angeblich hat der Kürenberger den Fremden, der ihm den Brief zur Besorgung anvertraut hat, nie vorher gesehen."

„Was heißt da ‚angeblich'?", ruft der junge Knecht des Kürenbergers. „Wenn mein Herr sagt, dass ihm der Mann fremd war, dann ist er ihm auch fremd! Zweifelt etwa jemand an dem Wort meines Herrn?"

Und alle sind so wütend, dass beinahe die schönste Prügelei in Gang gekommen wäre — nicht etwa, weil irgendeiner ernstlich einen anderen beleidigen wollte, sondern bloß, weil alle so aufgeregt waren, dass ein Wort genügte, sie in Flammen zu setzen.

Abends bin ich mit Zeno an die Donau gegangen; ich hatte ihm von dem Wirt in Sievering erzählt, der gemeint hat, das Kind sei auf dem Strom fortgeschafft worden. Wir wussten freilich nicht recht, was wir zu finden hofften; wenn es den Räubern wirklich geglückt war, den Prinzen auf ein Boot zu bringen, so waren gewiss alle Spuren verwischt.

Dennoch konnten wir unsere Gedanken nicht davon loslösen. Wir überlegten, wo das Boot hätte anlegen müssen, damit es möglichst ungesehen geblieben wäre, und welche Gassen die Räuber hätten nehmen müssen, um kein Aufsehen zu erregen und unbemerkt zum Ufer zu gelangen.

So überlegend schlenderten wir am Gestade dahin; es war eine mondlose, ein wenig dunstige Nacht, man konnte nicht weit sehen. In den Häusern am Gestade und am Gries waren die Lichter schon erloschen. Es war sehr still, man hörte nur das leise Murmeln der Wellen. Ab und zu strich eine Nachtschwalbe dicht an uns vorüber. Eine Weile lang gingen wir schweigend dahin; wir waren beide müde und brachten doch nicht recht den Entschluss auf heimzukehren, obwohl wir uns von unserem Erkundungsgang durchaus nichts versprachen.

Plötzlich blieb Zeno stehen und fasste mich am Arm. „Horch!", flüsterte er. Ich lauschte.

Vor uns gingen Schritte über das Ufergewölbe. Es waren zögernde, unsichere Schritte, die immer wieder innehielten.

„Ein Fischer", flüsterte ich, „der nach seinen Reusen sehen will ..."

„Das glaube ich nicht", raunte Zeno. „Weshalb sollte ein Fischer, der nachts ans Ufer geht, seine Laterne zu Hause lassen?"

„Er hat wohl geglaubt, dass die Sterne heller scheinen."

„Wenn wir dort an der Mauer weiter schleichen", sagt Zeno, „so haben wir die dunkle Wand hinter uns, und keiner kann uns sehen. Der da vor uns ist, wird sich dann gegen den Himmel abheben. So hell ist es doch!"

Mir schien das alles überflüssig. Wozu all die Vorsicht und Überlegung? Um den alten Kajetan oder einen seiner Gefährten zu entdecken, die da an den schmalen, langsam fließenden Flussarmen sorgsam geheim gehaltene Stellen kannten, wo sich stets Krebse fanden? — Ein solcher Fischer konnte recht unangenehm werden, wenn er glaubte, man wolle ihm nachspionieren und ihn um seinen Verdienst bringen. — Aber ich hatte es längst aufgegeben, Zeno von etwas abbringen zu wollen, was er sich in den Kopf gesetzt hatte.

Wir schleichen also an der Mauer entlang weiter. Die Schritte hören wir, aber es dauert wohl zehn Minuten, bis wir eine dunkle Gestalt vor uns sehen, die sich bückt, aufrichtet und wieder bückt, als suche oder sammle sie etwas.

„Was kann man hier ohne Licht suchen wollen?", raunt Zeno.

„Hier gibt es nichts als Steine", antworte ich.

„Steine ...", sagt Zeno. „Mein Gott, Steine ,.. Komm! Wir müssen hin!"

„Sei kein Narr! Es kann mehr als einer dort sein und ..."

„Ich sehe nur einen! Komm! Sei nicht feig!"

Feig, ich! Als ob das gleich Feigheit wäre, wenn man nicht bereit ist, jeden Unsinn mitzumachen! Aber Zeno lässt meine Hand los und läuft auf die dunkle Gestalt am Ufer zu, und ich muss ihm natürlich nach, ich kann ihn doch nicht allein lassen. Ich renne also, der Boden ist teils sandig, teils besteht er aus Geröll, man muss gehörig aufpassen, dass man nicht hinfällt — und eben als ich das denke, da falle ich auch schon, falle auf Hände und Knie, und ich kann's nicht verhindern, dass mir ein lauter Schrei entfährt.

Und dieser Schrei klingt da vorne wieder — ein heller, hoher Schrei wie von einer erschrockenen Frau ... Es kann doch nicht eine Frau sein, die da nachts am Gestade spazieren geht?

Zeno macht einen Sprung nach vorn und fasst nach der dunklen Gestalt, die nun nochmals aufschreit und diesmal ist's gar kein Zweifel: das ist eine Frau, das muss eine Frau sein!

Ich bin ein bisschen benommen von meinem Sturz; die Knie schmerzen höllisch, und ich spüre, dass Blut an meinen Beinen hinabläuft, aber ich raffe mich doch auf, ich muss Zeno helfen, es sind ja nur ein paar Schritte bis zu ihm.

Da höre ich einen anderen Ton, keinen Schrei, nein, einen Ton, der ... Aber das ist doch nicht möglich! Da ist vielleicht eine Wassernixe, die mich verhöhnt ... Da! Noch einmal, ganz nahe ... Was hat mich denn eigentlich zu Fall gebracht? Ein Stein war's nicht, in ein Loch bin ich auch nicht getreten ... Irgendein großer Gegenstand muss dagelegen sein, ein Balken, eine Kiste ... Ich taste mit ausgestreckten Armen und fasse das Ding sogleich. Ein Korb ist es, ein mit einem Deckel verschlossener Korb. Und aus diesem Korb tönt unmissverständlich ein klagendes Miauen ... Die Stimme von Luri!

Mir bleibt buchstäblich der Verstand stehen.

Lourion in einem Korb, nachts am Gestade und eine Frau, die ... Ja, die was tut? Was will?

„Zeno!", schrei' ich. „Da ist Lourion!"

„So —", sagt er trocken. „Da haben wir ja beide einen sonderbaren Fang gemacht. Komm her und besieh dir den meinen!"

Ich laufe hin, das Körbchen mit der verzweifelt miauenden Katze unter dem Arm. Es ist zwar dunkel, aber so dunkel doch nicht, dass ich nicht sähe, als ich ganz nahe herangekommen bin, wessen Arme Zeno da mit beiden Händen umklammert: die schwarze Helene ist es, die sich wütend wehrt und versucht, sich loszureißen und die beinahe faucht wie Lourion, wenn sie zornig ist; wahrscheinlich würde sie auch kratzen, wenn es ihr möglich wäre. So aber hält Zeno ihre eine Hand fest und mit der anderen hält sie irgendetwas, was sie in ihrer Schürze gesammelt hat.

„Was treibst du hier?", fragt Zeno, und ich bin überrascht und bestürzt, wie männlich und scharf seine Stimme klingen kann.

„Was geht's dich an?", zischt das Mädchen. „Lass mich los!"

„Was dich selbst betrifft, geht's mich nichts an", gibt Zeno zu, „und du kannst machen, was du willst. Aber du hast Lourion mit dir genommen und was mit der Katze geschieht, das geht mich wohl an — und das weißt du auch genau. Heraus mit der Sprache! Was wolltest du mit Lourion?"

Die schwarze Helene versucht noch einmal vergeblich, sich loszureißen. Dabei lockert sich die Hand, mit der sie die Schürze festhält und irgendetwas fällt klirrend zu Boden.

„Sieh du nach, was da heruntergefallen ist", sagt Zeno. „Ich darf sie nicht loslassen."

Ich kauere mich nieder und taste am Boden herum. „Ich finde nichts als etliche Steine!"

„Oh!", sagt Zeno eiskalt. „Steine. — Ich werde dir sagen, was du wolltest, Helene! Diese Steine wolltest du in das Körbchen legen und Lourion damit ins Wasser werfen und ertränken."

„Nein!", schreit das Mädchen. „Nein! Nein!"

„Gib's lieber zu", sagt Zeno leise und böse. „Du findest ja doch keine Lüge, die all das erklären könnte. Aber warum? Warum? Was hat meine kleine Lourion dir getan?"

Das Mädchen bricht plötzlich in Tränen aus. „Ich habe es ja nicht tun wollen!", schluchzt es. „Ich habe es ja nicht tun wollen. Mir ist fast das Herz gebrochen vor Mitleid mit Luri ... Aber wenn das fremde Zaubertier doch an allem Unglück schuld ist ..."

„Wer sagt das?"

Darauf antwortet das Mädchen nicht; es weint nur und weint.

„Ich werde es dem Herzog und der Herzogin berichten", sagt Zeno ungerührt.

„Das wird mein Tod sein", sagt die Helene. „Wenn man erfährt, dass ich mich habe von euch erwischen lassen ..."

„Wenn man erfährt? Wer erfährt? Wäre es nicht am besten, du würdest uns alles sagen, Helene?", fragt Zeno nun etwas sanfter.

Das Mädchen schüttelt den Kopf und weint nur noch mehr. Dann aber erklärt es: „Da ist nichts weiter zu sagen. Ich habe eben gemeint: ist das fremde Hexenwesen fort, so wird vielleicht alles gut und man findet das Kind ..." Und dann endet sie trotzig: „Da habe ich es eben wegschaffen wollen ..."

Sie widerspricht sich ja, denke ich. Da stimmt doch etwas nicht; nichts stimmt da. Erst will ihr vor Mitleid fast das Herz gebrochen sein. Dann hat sie Angst, dass jemand erfahren könnte, dass man sie erwischt hat. Und schließlich will sie uns glauben machen, dass sie Luri für ein Hexenwesen hält. — Ich will etwas sagen, aber Zeno lässt mich nicht zu Wort kommen.

„Höre, Helene", sagt er sanft. „Ich könnte es mir vielleicht überlegen und nichts von dieser sonderbaren Begegnung erzählen." Das Mädchen hebt rasch den Kopf und schaut ihn an: „Du hast dich da offenbar aus Sorge um den kleinen Prinzen in eine sehr törichte Vorstellung verrannt ..." Sie erwidert kein Wort, ja sie atmet kaum. „Ich könnte, das vergessen ..., aber natürlich müsste ich sicher sein, dass Lourion nichts geschieht."

„Lässt du mich gehen?", fragt sie.

„Wie steht es mit Lourion?"

Da reißt sie den Arm los, legt ihn um Zenos Hals und flüstert an seinem Ohr: „Wenn Luri nichts geschehen soll, so gebt acht, dass sie sich nirgendwo anders aufhält als in der Küche und im Stall bei Brun! Nirgendwo sonst, hörst du? Dass sie sich nicht in der Stadt herumtreibt und nicht auf den Treppen und in den Gängen am Hof und ..."

„Was soll denn das bedeuten?"

„Und wenn du etwas sagst, werde ich alles leugnen, hörst du, alles! Ganz gewiss wird man mir mehr glauben als euch zwei Jungen, die sich wichtig machen wollen!"

Und plötzlich reißt sie sich los — Zeno hat wohl auch weniger auf sie geachtet — und läuft davon ... Läuft, läuft und ist zwischen den Häusern am Gestade verschwunden, ehe wir recht zur Besinnung gekommen sind.

„Geschieht uns recht", sage ich. „Weshalb passen wir nicht besser auf!"

„Ich habe aufgepasst!", widerspricht Zeno. „Auf jedes Wort, auf jede Bewegung ..."

„Trotzdem ist sie dir entwischt!"

„Das wollte ich ja!"

„Hast du nicht bemerkt, dass sie gelogen hat? Dass sie sich widersprochen hat? Und dass ..."

„Natürlich habe ich es bemerkt", sagt Zeno ungeduldig.

„Aber wenn wir sie nicht laufen lassen, erfahren wir nichts. Sie weiß etwas, dessen bin ich sicher; aber sie hätte uns nichts verraten, sie hat zu viel Angst: Und Lourion ist jemandem im Weg. Das alles müssen wir herauskriegen. Wir müssen diese Helene beobachten und Lourion muss bewacht werden wie ein Edelstein."

Er kniete nieder und öffnete das Körbchen. „Luri! Lourion!"

Lourion miaute schwach, ließ sich willig aufnehmen, klammerte sich mit allen vier Pfötchen an Zenos Wams und drückte ihren kleinen Körper fest an Zenos Brust. Ich streichelte sie und fühlte dabei, wie ihr Herz schlug. Tiere fühlen es, wenn ihnen Böses bevorsteht; Luri muss fürchterliche Angst ausgestanden haben.

„Wir werden dich bewachen", flüsterte Zeno zärtlich. „Hab keine Furcht, kleine Lourion! Wir lassen es nicht zu, dass dir etwas geschieht."

Gut und schön, denke ich, aber es ist nicht so leicht, eine Katze zu bewachen, die es sich nun bereits angewöhnt hat, nicht nur im Hof, sondern in ganz Wien umherzustrolchen. Wie rasch ist sie unbemerkt durch eine Tür geschlüpft!

„Sollten wir nicht", frage ich unsicher, denn Zeno

hat meist seine eigene Meinung, „sollten wir nicht von alldem dem Freisinger Bischof berichten?"

„Ja", erwidert Zeno nach kurzem Überlegen. „Es kann wichtig genug sein. Wir wollen es ihm sagen und heute noch. Komm! Nimm du den Korb, und ich will Lourion tragen; ich will sie nicht nochmals darin einschließen, sie hat zu viel Furcht davor."

Wir steigen also die Fischerstiege hinauf und gehen zum Freisinger Hof. Der Fürstbischof war nicht da. Ob er vielleicht beim Herzog sei? — Nein, so viel man wisse, sei er nach Ebersdorf geritten und werde erst in später Nacht oder am Morgen zurückerwartet.

So also brachten wir unsere Nachrichten nicht an den Mann und kehrten mit Lourion an den Hof zurück. Ich nahm sie mit mir in den Stall, und sie schlief diese Nacht in meinen Armen.

Am nächsten Morgen versuche ich allein noch einmal mein Glück im Freisinger Hof, und diesmal ist der Bischof daheim — sitzt beim Frühmahl mit einem Gast, und dieser Gast ist kein andrer als der Kürenberger. Gerade als ich mich um die Ecke schiebe, höre ich ihn sagen: „Es tut mir leid, dass Ihr gerade jetzt nach Wien gekommen seid, Herr Ritter. Jetzt ist niemand am Hof zu Spiel und Tanz gestimmt; es hat nicht viel Sinn, dass Ihr Euch dem Herzog vorstellt; er wird Euch nicht anhören."

Sagt der Kürenberger: „Ich habe Zeit und kann warten. Vielleicht sind in einigen Tagen die Wolken vorübergezogen."

„Gebe es Gott", meint der Bischof, aber er sieht nicht aus, als ob er es glaubte.

Als ich ein bisschen näher herantreten will, komme ich einem Speisenträger in die Quere. Der stolpert über meine Füße und wenn ich ihn nicht mit beiden Armen gehalten hätte, wäre er mitsamt der Schüssel, die er trug, glatt hingeschlagen.

Der Bischof blickt auf, sieht mich und ruft: „Das ist doch der Bertl aus dem Marstall! Her mit dir! Was hast du zu berichten?"

Ich trete an den Tisch heran und werfe einen Blick zum Kürenberger hin; ich hätte lieber mit dem Bischof allein gesprochen. Herr Otto fängt den Blick auf, lächelt und weist die Diener hinaus. „Vor dem Herrn von Kürenberg brauchen wir keine Geheimnisse zu haben, sollte ich denken."

Da erzähle ich denn alles, was wir herausgefunden haben: von dem falschen Boten, der in Grinzing das Pferd gewechselt hat, von der Vermutung des Sieveringer Wirtes, dass das Kind auf dem Fluss fortgeschafft worden sei und schließlich von dem sonderbaren Erlebnis mit der schwarzen Helene.

Der Bischof wird sehr nachdenklich, schweigt eine Weile und schaut vor sich hin. Und auch der Kürenberger scheint zu überlegen.

„Herr Fürstbischof", sagt er schließlich, „ich bin als Sänger nun recht überflüssig in Wien, wie Ihr soeben selbst gesagt habt. Fortreiten aber möchte ich auch noch nicht. Erlaubt also, dass ich mich der Suche anschließe. Einverstanden? Sechs Augen sehen mehr als vier und den Oberbefehl unserer kleinen Gruppe überlasse ich einem von euch!"

Ich bin so verlegen, dass ich kein Wort herausbringe. Er aber steht auf und fasst mich am Arm.

„Nun also, heraus mit der Sprache! Wo und wie habt ihr nun weitersuchen wollen?"

„Man müsste", stottere ich, „nochmals in der Stadt herumfragen, besonders in dem Viertel gegen das Gestade hin. Und dann bei den Handwerkern; denn da sind viele, die ihre Läden erst spät in der Nacht schließen ... die könnten etwas gesehen haben; und ... und ...

„Nun? Was weiter?"

„Vielleicht", stammle ich, „wäre es von Nutzen, den einen oder anderen Herrn vom Hofe zu überwachen."

„Ei", sagt der Kürenberger und lacht, „das klingt ja so, als hätten diese Burschen schon einen bestimmten Verdacht!"

„Einen Verdacht, der völlig sinnlos ist", erklärt der Bischof in entschiedenem Ton. „Der Ritter, an den der Junge denkt, war zur fraglichen Zeit an meiner Seite vor den Toren Wiens."

„Aus dem Brief, dessen unschuldiger Überbringer ich war", sagt der Sänger nachdenklich, „geht doch wohl hervor, dass die Partei der Welfen damit zu tun hat."

„Der Welfenherzog ist zu solch einer Schurkerei nicht fähig!", ruft Bischof Otto heftig.

„Gewiss nicht", beschwichtigt ihn der Kürenberger. „Aber er mag gesagt haben, ohne an Böses zu denken: ,Dem möchte ich es reichlich lohnen, der den Markgrafen von Österreich dazu brächte, friedlich auf Bayern zu verzichten!' Und irgendeiner, der nach Geld hungrig ist, hätt' das gehört und sich gedacht: den Lohn verdien' ich mir!"

„Ja!", rufe ich voll Eifer. „Und der Seckauer ..."

Der Bischof schaut mich strafend an. „Wie dürfen wir einen Namen nennen, diesen Namen nennen, wenn wir doch wissen, dass er gar nicht in Wien war, als der Raub geschah. Ich gebe zu, dass auch ich eine Zeitlang Zweifel hegte an seiner Gesinnung, aber ..."

„Aber er kann's vielleicht so geschickt eingerichtet haben, dass andre für ihn arbeiteten, sodass er meinen muss, dass kein Verdacht auf ihn fallen könne. So denkst du dir's, Junge, wie?"

Ich nicke eifrig. Genauso denke ich.

„Es ist unerträglich, sich vorzustellen, dass der Schurke — wer immer es war — mit seinem Anschlag Erfolg gehabt hat, und dass er vielleicht auch noch Lohn dafür einheimsen soll ..."

„Das, denke ich, wird er kaum", sagt der Freisinger. „Wer immer der Mann war, er kennt meinen Bruder nicht. Einem solchen Streich weicht er nicht — und wenn er das Kind verloren geben müsste, und wenn ihm das Herz darüber bräche!"

„Und die Herzogin?"

Der Bischof steht auf und tritt ans Fenster. „Eine Mutter!", sagt er. „Das könnt Ihr Euch wohl denken, wie einer Mutter zumute ist. Ihr ist alles gleichgültig: Herzogtum, Ehre, belohnte Schurkerei. Sie will ihr Kind!"

„Und der Herzog Heinrich gibt trotzdem nicht nach?"

Der Freisinger schüttelt den Kopf. „Ich habe ihn, allein schon der Herzogin wegen, fast auf den Knien darum gebeten. ‚Der Gewalt weich' ich nicht. Der

Schurkerei weich' ich nicht!', hat er gesagt. ,Und wenn wir alle daran zugrunde gehen!' Ich habe ihm gesagt, dass Gott vielleicht eben diesen harten Eigensinn an ihm strafen wolle —"

„Und er?"

„Ich glaube nicht, dass ich ein Geheimnis damit verrate", sagte der Bischof nach kurzem Zögern. „Das eine habe ich erreicht: wenn wir das Kind lebend wiederfinden, so will Heinrich ..."

„Auf Bayern freiwillig verzichten?"

Herr Otto lächelte. „Ganz so weit sind wir noch nicht. Aber zumindest verhandeln will er darüber und dann bringen wir es wohl zum guten Ende, das traue ich mir zu."

„Gott sei gelobt!"

„Aber das Kind ist noch nicht gefunden, Herr Ritter!"

„Nun, die Jungen allein können nicht alles machen."

„Herr!", widerspricht der Fürstbischof und muss nun beinahe lachen. „Die Jungen allein! Das ganze Land ist aufgeboten, nach dem Prinzen zu suchen! — Aber wenn auch Ihr Euch der Sache widmen wollt: wir danken es jedem! Freilich schwindet mit jeder Stunde mehr die Hoffnung, das Kind zu finden!"

Und damit steht der Bischof auf, verabschiedet sich von seinem Gast und geht.

Der Kürenberger kommt auf mich zu und fasst mich am Ohr — aber er tut es freundlich — und sagt: „Lauf und hol deinen Kameraden! Und dann wollen wir beraten, wie wir's beginnen. Beim heiligen Stephanus, der ja wohl der Patron dieser Stadt ist: es kann doch nicht ein Kind samt seiner griechischen Wärterin einfach vom Erdboden verschwinden! — Ich denke es mir so: Du spionierst weiter in der Stadt umher, Zeno überwacht den Seckauer, und ich nehme die Kammerfrau Helene auf mich."

„Wie wollt Ihr das beginnen?"

„Ich bin ein Sänger — das sollte mir nicht allzu schwer werden", sagt der Kürenberger und lacht zuversichtlich.

IN DIESEN TAGEN HATTEN WIR zusätzlich eine besonders schwierige Aufgabe zu erfüllen — die bestand darin, Lourion zu bewachen. Die Katze hatte es sich in den letzten Tagen und Wochen angewöhnt, überall herumzustreichen, wo es ihr gefiel, und sie war durchaus nicht damit einverstanden, dass wir sie eingeschlossen halten wollten. Kaum wurde irgendwo eine Tür geöffnet, so huschte sie auch schon hinaus und wir hatten oft schwere Mühe, sie wieder einzufangen. Ich bat freilich einige von den Kameraden, auf das kleine Tier achtzugeben. — Aber ihr wisst wohl, wie das ist? — kann man sich auf andre verlassen? Zudem durften wir ja niemandem die wahren Gründe für unsere Angst um Luri mitteilen und niemanden in unser Misstrauen gegen die Kammerfrauen im Allgemeinen und gegen Helene im Besonderen einweihen.

So war ich also nur mit sehr unruhigem Herzen auf meinen Erkundungswegen und Zeno ging es ebenso.

ALS ICH AM ABEND DES NÄCHSTEN TAGES nach Hause kam, wartete Zeno schon auf mich. Er hatte den ganzen Tag vor dem Quartier des Seckauers herumgelungert; der aber war erst am Abend ausgegangen.

„Und wohin ist er gegangen?"

„Komm mit!", sagt Zeno. „Ich will es dir zeigen."

Ich überzeuge mich mit einem Blick, dass Luri friedlich bei ihrem großen Freund Brun schläft; dann lasse ich mich von ihm hinter die Ställe und über den kleinen Waffenübungsplatz an einen Zaun führen, der ein kleines Gärtchen umschließt. Es ist eigentlich kaum ein Gärtchen zu nennen, ist eher eine Terrasse, einige Fliedersträucher wachsen dort, Rosenbüsche und etliche seltsame Pflanzen, deren Samen man aus Griechenland herübergeschickt hat und die man in Töpfen und Kistchen zieht, damit man sie während unseres rauen Winters in einen geschützten Raum bringen kann.

Die Mauer, die den Zaun trägt, ist schon ein wenig schadhaft; mit einiger Geschicklichkeit kann man sie erklimmen und durch die Stäbe des Zauns auf die Terrasse blicken.

Zeno tut, als hätte erst er das entdeckt, aber um die Wahrheit zu sagen, ich bin schon öfters dort oben gehangen und habe zugesehen, wenn der Herzog sich mit den Damen und Herren vom Hof an Sommerabenden dort unterhielt.

Wir klettern also hinauf, auf einem vorspringenden Stein ist gerade Raum für uns beide; wir kleben wie Fliegen an der Wand, aber wenn man sich mit den Händen am Zaun festhält, kann man nicht so leicht herunterfallen.

Der Herzog ist nicht da und die Herzogin auch nicht; aber fünf oder sechs der griechischen Damen sehe ich und einige der österreichischen Hoffräulein; den Herrn Albero von Grimmenstein mit seiner Gattin, dann den Vogt von Seckau, den Herrn von Plaien und den Kürenberger.

„Der Herzog ist ein großer Freund des Gesanges", höre ich eben den Grimmenstein sagen. „Aber Ihr versteht, nicht wahr? Sein Kummer ist so groß, dass er nicht in fröhliche Gesellschaft passt."

„Ihr werdet, fürchte ich, auch uns andre nicht sehr fröhlich finden", sagt der Herr von Plaien, „denn es geht auch uns zu Herzen, und wir empfinden es als eine Schmach, die ganz Österreich angetan wurde. Ihr seid zu keiner guten Zeit nach Wien gekommen, Herr von Kürenberg, aber wir hoffen, dass Eure Kunst unsere Gedanken ein wenig besänftigt und ablenkt."

„Sollte mich freuen, wenn sie das vermöchte", entgegnet der Kürenberger und lässt sich von seinem Knecht seine kleine Laute bringen. Schon während er sie stimmt, verstummen alle Gespräche, und die Damen rücken nah heran und schauen erwartungsvoll drein. Nur der Seckauer hält sich ein wenig abseits und plaudert mit einer Dame, die mir den Rücken zuwendet.

„Es ist Helene", flüstert mir Zeno zu. „Ich habe es vorhin gesehen."

Da wendet sich das Mädchen um, und nun sehe ich auch dass es die schwarze Helene ist, aber fast hätte ich sie nicht erkannt, so blass und elend sieht sie aus, so angstvoll und verschüchtert blickt sie um sich. Als einer der Diener einen Becher fallen lässt, fährt sie zusammen, als hätte der Blitz neben ihr eingeschlagen. Was kann sie nur mit der Sache zu tun haben?, frage ich mich. Sie ist so ängstlich und töricht, ich hätte sie gewiss nicht zur Vertrauten gewählt!

Aber dann vergesse ich alles andre, denn der Kürenberger beginnt zu singen. Ach, wie herrlich er singt! — Später habe ich mir die Worte seines Liedes vorsagen lassen, so oft, bis ich sie behalten habe:

Ich zog mir einen Falken länger als ein Jahr —
und als er zahm und kirre und zugetan mir war,
und ich ihm sein Gefieder mit Golde ganz umwand,
hob er sich in die Höhe und flog in fremdes Land.
Ich sah den Falken seither fliegen
— an seinem Fuße sind seidene Riemen —
allrotgolden glänzet sein Gefieder.
Gott send' mir den Geliebten wieder!

Ist das nicht schön? Seit damals versuche ich immer, wenn ich in meinem Verschlag im Stroh liege, ähnliche Verse zu schmieden, aber sie gelingen nie, wie ich es möchte. Und meistens schlafe ich ein, ehe ich nur einen einzigen Reim gefunden habe. Es wird wohl kein Dichter aus mir werden.

Der Kürenberger singt also dieses Lied und noch ein anderes, dann bringen die Diener Wein, und der Herr von Plaien sagt lachend: „Der Dichter soll zum Dank einen Kranz empfangen, wie es sich gebührt. Welche der Damen soll ihn Euch reichen, Herr von Kürenberg?"

Der Kürenberg schaut lächelnd von einer zur andern, als ob er unschlüssig sei, schließlich aber steht er auf, verneigt sich vor der schwarzen Helene und sagt: „Aus Euren Händen nähme ich den Dank am liebsten!"

Zeno stößt mich an und ich denke nun auch nicht mehr an den Gesang, sondern an das, was uns hergeführt hat und wie geschickt der Sänger es angestellt hat, mit der schwarzen Helene in Verbindung zu kommen. Doch sehe ich wohl, dass des Kürenbergers Wahl einige Verwunderung auslöst, denn von all den Damen ist Helene gewiss am wenigsten hübsch, und sie weiß auch nicht so heiter zu plaudern wie die anderen. Der Seckauer Vogt nagt an seiner Unterlippe, winkt einem Diener und lässt sich Wein bringen.

Die Helene wird blutrot vor Verlegenheit — es ist gewiss das erste Mal, dass jemand sie so auszeichnet — und eine der anderen Damen muss helfen, einen Kranz zu winden, sie kommt allein nicht damit zurecht, so ungeschickt stellt sie sich an. Als der Kranz endlich fertig ist, geht sie schüchtern auf den Ritter zu und drückt ihm das Blumengewinde aufs blonde Haar.

„Ich danke Euch!", sagt der Kürenberger freundlich und zieht sie neben sich auf die Bank. „Nein, nein, Ihr dürft mich nicht gleich wieder verlassen — ich möchte noch ein wenig mit Euch plaudern!"

Zeno stößt mich wieder mit dem Ellenbogen an, sodass ich beinahe von meinem Lauscherposten heruntergefallen wäre. Vom Kürenberger können wir lernen!, soll das heißen.

„Ich will ein Lied nur für Euch allein singen!", sagt indessen der Sänger. „Wovon soll es handeln? Vom Frühling, von den Sternen, von den Rosen?"

Die schwarze Helene sitzt verschüchtert da, als verstünde sie durchaus nicht, weshalb der berühmte Sänger sich um sie kümmert, und als er die Hand auf ihren Arm legt, blickt sie mit tränenerfüllten Augen zu ihm auf und stammelt etwas, was wir nicht verstehen können, obwohl wir unsere Ohren anstrengen, so gut es nur geht.

Was aber dann geschieht, das hören wir gut genug, da brauchen wir nicht zu lauschen. Der Seckauer Vogt hat einen Becher Wein hinuntergestürzt und kommt nun von der anderen Seite der Terrasse herüber und geht mit klirrenden Schritten auf den Kürenberger zu.

Und nun, knapp vor ihm stehenbleibend, sagt er laut und deutlich: „Ich teile Euch mit, Herr von Kürenberg, dass Helene meine Dame ist!"

Der Kürenberger bleibt ruhig sitzen und lächelt zum Seckauer hinauf. „Ich bin gefragt worden, wer mir den Kranz reichen soll und habe die Dame Helene gewählt. Ich denke, das stand mir frei!"

„Das stand Euch frei. Aber damit ist es genug."

„Ich meine, Ihr werdet es mir auch nicht verwehren, wenn ich einige Worte mit Eurer Dame wechsle", sagt der Sänger. „Ich bin ihr nicht zu nahegetreten — es konnte und es kann jedermann hören, was ich sage oder singe."

„Es passt mir nicht", schreit der Seckauer, „dass ein fahrender Geselle eine Dame, die mir nahesteht, bei der Hand fassen darf!"

Da kommt der Herr von Grimmenstein quer über die Terrasse gelaufen, fasst den Seckauer bei der Schulter, sagt: „Du hast zu viel getrunken, Ottokar! Der Herr von Kürenberg ist so gut ritterlichen Blutes wie ich oder du selbst!"

„Das weiß ich nicht", erwidert der Seckauer, ohne den Blick von dem Sänger zu lassen. „Ich weiß nicht, wo seine Wiege gestanden hat. Er kann mir ja beweisen, dass er ein Ritter ist, wenn er den Mut dazu hat. Ich zweifle daran."

Er hat kaum zu Ende gesprochen, da sitzt ihm schon des Kürenbergers Faust im Gesicht. So schnell ist das gegangen, dass der Herr von Grimmenstein, der doch neben den beiden stand, nicht dazwischentreten konnte. Der Seckauer taumelt zurück und reißt sein Schwert aus der Scheide; der Kürenberger, der waffenlos gekommen war, steht verächtlich lächelnd da und erwartet den Angriff mit bloßen Händen.

Nun aber wirft sich der Herr von Grimmenstein auf den Seckauer, hält den erhobenen Schwertarm fest und der Plaiener eilt mit schnellen Schritten herzu und versichert sich des Sängers.

„Der Streit kann doch nicht hier vor den Augen der Frauen ausgetragen werden!", ruft er. „Nehmt doch Vernunft an, Herren!"

„Vernunft?", knurrt der Seckauer. „Der Faustschlag kostet Blut!"

„Ihr habt den Herrn von Kürenberg schwer beleidigt, und dass er Euch darauf mit der Faust geantwortet hat, war sein gutes Recht!", ruft der Plaiener.

„Schlag gegen Beleidigung", meint der von Grimmenstein. „Es gleicht sich aus. Schließt Frieden, ihr Herren!"

„Nein!", schreit der Seckauer. „Er soll nur zeigen,

ob er den Mut hat, mir mit der Waffe in der Hand gegenüberzutreten! "

„Ich habe nie einen Streit erlebt, der unnötiger und mutwilliger vom Zaun gebrochen worden wäre!", ruft der Herr von Plaien. „Nehmt doch Vernunft an, Ottokar!"

„Lasst!", sagt der Kürenberger. „Der Vogt von Seckau mag einen Grund für diesen Ausfall haben oder nicht — jedenfalls ist ein Zweikampf nicht mehr zu vermeiden. — Morgen früh vor dem Kärntnertor — ist's Euch recht?"

„Ich werde bei Sonnenaufgang zur Stelle sein", erwidert der Seckauer. — „Darf ich Euch jetzt zurückgeleiten, Helene?"

Das junge Mädchen ist mit schreckgeweiteten Augen dagesessen, hat verzweifelt bald den Kürenberger, bald den Seckauer angestarrt — mit einem Ausdruck, als verstünde sie überhaupt nicht, was da vor sich gegangen war. Nun steht sie auf, steif wie eine Puppe und geht dem Ausgang zu. Der Seckauer folgt ihr mit harten Schritten, ohne sich auch nur einmal umzublicken.

„Ich weiß nicht, welcher Dämon in ihn gefahren ist!", sagt der Grimmenstein. „Ich bin tief bestürzt, dass dies geschehen musste! Nun kommt ein Sänger wie Ihr nach Wien — wir alle freuen uns von Herzen darüber — und was Euch hier entgegentritt, ist Beleidigung und Kampf!"

Der Kürenberger zuckt die Achseln. „Ich weiß zu unterscheiden. Der Seckauer ist nicht Wien, und ein Angriff wie dieser wiegt nicht den freundlichen Empfang auf, den ich von allen anderen hier erfahren habe."

„Verstünde ich es bloß!", ruft der Grimmenstein. „Er war nicht betrunken. Er hat nicht mehr als zwei Becher Wein geleert. Und was die kleine Kammerfrau Helene anbelangt, so habe ich niemals vorher bemerkt, dass er sich um sie gekümmert hätte!"

„Er suchte Streit", sagt der Kürenberger nachlässig. „Der Vorwand dazu war ihm gleichgültig."

Der Herr von Plaien zeigt eine sehr ernste Miene. „Der Seckauer ist der beste Fechter von uns allen hier in Wien. Beim letzten Turnier hat er sogar den Pottendorfer aus dem Sattel geworfen und ist unbestrittener Sieger geblieben!"

„Ich versteh das Handwerk auch", sagt der Kürenberger nachlässig.

„Ich gäbe viel darum, wenn sich dieser Kampf vermeiden ließe!", ruft der Grimmensteiner. „Wenn ich zum Herzog ginge und ihn um Vermittlung bäte ..."

„Tätet Ihr das, müsste ich Euch für meinen Feind halten", entgegnet der Kürenberger scharf. „Soll der Seckauer sagen dürfen, ich sei zu feige, mich mit ihm zu messen? Mag es ausgehen, wie es will, der Kampf ist nicht zu umgehen. — Ich will nun ins Quartier, um noch einige Stunden zu schlafen. Macht Euch keine Sorgen um mich, meine Herren. Es wird so schlimm nicht werden!"

Er sah sich um, lächelte, sagte, über diesem unnötigen, kriegerischen Gespräch habe er wahrhaftig übersehen, dass die Frauen die Terrasse verlassen hatten. Falls er den nächsten Morgen überlebe, so werde er den Abschied geziemend nachholen. Falls er im Zweikampf falle, möge der Herr von Plaien den Frauen seine Grüße bestellen. Dann nahm er seine Laute und ging.

Ich schaue ihm nach und will Zeno zuflüstern, wir müssten trachten, ihn noch zu sprechen ... aber, als ich mich umwende, ist Zeno nicht mehr da und ich klebe allein an der Mauer. Ich halte mich gar nicht damit auf, darüber nachzudenken, wo er hingeraten sein könne, springe vom Stein herunter, sehe zu, dass ich möglichst unbemerkt aus dem Hof herauskomme, und dann laufe ich durch die Gasse der Tuchweber hinter die kleine Kirche von Sankt Peter. Dort, denke ich, muss der Kürenberger vorbeikommen, wenn er ins Quartier in den Freisinger Hof will.

Es dauert auch gar nicht lange, so höre ich einen Schritt, und der Ritter kommt durch das Milchgässchen auf mich zu. „Der Bertl!", sagt er. „Ich habe mir gerade gewünscht, einen von euch Jungen noch zu treffen, hab' aber nicht gewusst, wie ich das anstellen soll. Was treibst du dich denn hier herum?"

„Ich habe auf Euch gewartet, Herr!"

„So? — Nun, auf jeden Fall ist es gut, dass du da bist. Ich muss dir rasch erzählen, was geschehen ist ..."

„Nicht nötig, Herr. Wir wissen es, Zeno und ich." Der Kürenberger schaut mich ein wenig verdutzt an, dann lacht er und sagt: „Wo habt ihr denn gesteckt, ihr verwünschten Bengel?"

„Hinter dem Geländer der Terrasse", antworte ich rasch. „Und die Herren haben laut genug gesprochen, wir hatten es nicht nötig zu lauschen."

„Vor euch würde ich mich in Acht nehmen, wenn ich Geheimnisse hätte! Ich habe keine, jedoch ..."

„Jedoch der Seckauer hat welche!"

„So scheint es", sagt der Sänger. „Weshalb sonst hätte er diesen törichten Streit vom Zaun gebrochen? Ich kann mir kaum einen anderen Grund dafür denken, als dass ich diesem Geheimnis nahegekommen bin und er mich aus dem Weg räumen will. — Müsst ihn also weiter beobachten. Seid aber vorsichtig! Ihr seht, zu welchen Mitteln er greift, sobald er seinen Feind zu kennen glaubt. Von euch beiden weiß er nichts. Sorgt dafür, dass es so bleibt!"

„Aber es hat auch die schwarze Helene damit zu tun!"

„So scheint es", sagt der Kürenberger wieder. „Und auch da sage ich euch: seid vorsichtig. Ich glaube nicht, dass sie die Schuld trägt an dem, was geschehen ist, aber es kann wohl sein, dass der Seckauer sie in die Sache verstrickt hat und als Werkzeug benutzt. Sie ist mir erschienen wie ein erschrecktes Kind ... ich möchte nicht, dass ihr Böses zustößt. Denkt auch daran, wenn ihr in Zukunft allein handeln müsst!"

„Es wird Euch doch nichts geschehen!"

Der Kürenberger nimmt sein Barett ab. „Sankt Peter, an dessen Heiligtum wir stehen, mag mich behüten; ich will ihm eine Kerze weihen, dick wie mein Arm, wenn ich glücklich davonkomme. Aber du hast es ja selbst gehört: der Seckauer ist der beste Kämpfer hier im Land."

„Und Ihr, Herr?"

„Ich? Nun, ich verstehe wohl ein Schwert zu führen, aber ich habe meist nur mit dieser Waffe gekämpft —", er schlug mit der flachen Hand auf die Laute, dass die

Saiten leise erklangen —, „und ich kann nicht daran zweifeln, dass der Vogt mir überlegen ist. Sollte ich morgen sterben, so lass drei heilige Messen für meine Seele lesen. Nun, was hast du denn, Bub? Willst wohl gar weinen? — Hör auf das, was ich dir jetzt sage: du gehst nun heim und verkriechst dich in deinen Stall und schläfst. Und solltest du den anderen, den Griechenjungen, noch sehen, so sagst du ihm das gleiche. Heute Nacht und morgen früh ist nichts mehr für euch zu tun. Ich will auch morgen bei Sonnenaufgang keinen von euch vor dem Kärntnertor herumlungern sehen, sonst — bei Sankt Peter! —, kehrt sich meine Klinge zuerst gegen euch, wenn auch nur die flache Klinge! Lache nicht, Junge, sonst kriegst du sie heute noch zu spüren. Was ich da eben sagte, ist ein Befehl, verstanden? Ich will keinen von euch als Zuschauer haben. Ihr werdet noch früh genug erfahren, was geschehen ist. Bleibe ich am Leben, dann könnt ihr zu mir in den Freisinger Hof kommen und wir beraten, was weiter zu tun ist. Bin ich tot, so tut allein, was ihr könnt!"

Er streckte die Hand aus, fasste mich an den Haaren und fuhr mir dann so derb über den Kopf, dass ich aufschrie. Er tat das, damit keiner von uns weich werde, ich hab' das wohl begriffen. Ich habe auch kein Wort mehr gesagt, bin stehen geblieben, bis er im Tor des Freisinger Hofes verschwunden ist, und dann bin ich heimgegangen an den Hof. Im Milchgässchen ist ein weißer Schatten an mir vorbeigehuscht und war in einem Keller verschwunden, ehe ich recht begriff, was es war. Es kann nur Luri gewesen sein, auf die wieder niemand geachtet hatte. Aber ich konnte mich nicht einmal darüber aufregen; ich war zu müde und zu traurig dazu.

Oben in den Zimmern der Herzogin war noch Licht. Da sitzt sie an der leeren Wiege und weint, dachte ich.

Ich hätte mich am liebsten auf einen Straßenstein gesetzt und auch geweint. Man kann das schon verstehen, nicht wahr? Ich bin mir so hilflos vorgekommen, so machtlos, so zu gar nichts nütze. Zwei dumme Jungen waren wir, die da an den Rand irgendwelcher dunkler Machenschaften geraten waren, und die nun nicht wussten, was sie tun sollten. Das belauschte Gespräch auf dem Friedhof von Sankt Stephan hatten wir nicht richtig zu deuten verstanden, das war unser großer Fehler gewesen. Nun war das Kind verschwunden, und wir fanden es nicht wieder, und wenn der Seckauer morgen bei Tagesanbruch unseren großen Freund, den Kürenberger, erschlug, so konnten wir's wohl am wenigsten verhindern ...

Als ich in den Stall schleichen will, kommt Zeno auf mich zu. „Ich habe versucht, dem Seckauer und der Helene zu folgen", sagt er. „Es ist mir aber nicht geglückt, nahe genug an sie heranzukommen. Nur ein paar Worte habe ich gehört. ‚Ich kann Euch nicht brauchen', hat der Seckauer gesagt, ‚wenn Ihr mit jedem hergelaufenen Vaganten gut Freund seid!' — ‚Ich kann doch nichts dafür', hat die Helene geantwortet, ‚dass ich ihm den Preis reichen musste!' — ‚Eurer schönen Augen wegen hat er es nicht von Euch verlangt', entgegnete der Seckauer. ‚Vielleicht hat er Euch neulich am Morgen gesehen und ...' Mehr habe ich nicht gehört. Ich kann mir keinen Reim darauf machen. Du etwa?"

„Nein", sag' ich müde. „Ich auch nicht. Ich soll dir vom Kürenberger bestellen, dass wir uns still verhalten sollen, bis wir wissen, wie der Zweikampf geendet hat."

„Wir sollen nicht zusehen?", fragt Zeno entgeistert.

„Er will's nicht. — Und ich tu's auch nicht. Wir können ihm nicht helfen und nichts ändern ... ach, wir können überhaupt nichts. Leb wohl."

Und damit schlüpfe ich in den Stall, und oben in meinem Verschlag hab ich dann doch geweint, so geweint wie nie noch in meinem Leben, weil alles so schwer, so verworren, so unlösbar schien.

Später dann habe ich den Rotschimmel schnauben gehört, und der Hund Brun knurrte, als habe er einen schweren Traum. Noch später hörte ich ein leises Miauen, das war Luri, die von ihrem Streifzug heimkehrte — ihr wenigstens war nichts geschehen. Da wurde mir etwas leichter zumute. Die Tiere, die kann unsereins doch verstehen und liebhaben und mit ihnen ist alles um so viel einfacher und klarer als mit den Menschen. — Und schließlich schlief ich ein. — Ich bin aber doch schon vor Tag wieder aufgeschreckt, und alles, was geschehen war, kam in einem einzigen Augenblick wieder in mein Bewusstsein zurück. Mir war, als müsste ich einfach zum Kärntnertor laufen und sehen ... Aber das ging nicht, ich hatte es ja versprochen.

Ich konnte aber auch nicht im Stroh liegen bleiben, nein, das konnte ich nicht, ich musste heraus und mit irgendjemandem reden, gleichgültig mit wem. Aber wer ist schon vor Sonnenaufgang zum Plaudern aufgelegt? Höchstens ein Bäcker ...

Kaum kommt mir dieser Gedanke, als ich auch schon die Leiter herunterrutsche. Die Bäcker, natürlich! Vor Jahren, als ich noch zu klein war, als dass ich ein Pferd hätte versorgen können, hat mich der Christoph manchmal am frühen Morgen in die Bäckerstraße hinüber geschickt, ein ofenwarmes Brot zu holen ... das füllt den Magen an und hält den Tag über vor, hat der Christoph stets gesagt. Aber nun bin ich schon lange nicht mehr bei den Bäckern gewesen.

Im Hof schlafen noch die Tauben auf dem Dach, und der Türhüter schaut mich an und sagt: „Spät heimkommen, das ist man ja so gewohnt bei euch jungen Burschen, sobald ihr flügge werdet. Aber so früh aufstehen? Da muss was Besonderes los sein!"

Ich antworte nicht und laufe weiter, aber um den Freisinger Hof mache ich einen großen Bogen, denn wenn ich jetzt dem Kürenberger auf seinem Weg vors Kärntnertor begegnen würde, so wäre es vermutlich wieder um meine Fassung geschehen. — In einer halben Stunde geht die Sonne auf.

In der Bäckerstraße ist man schon fleißig an der Arbeit und aus den Kaminen der Backöfen steigt schwarzer Rauch in die klare Luft. Meister Guntram, der Schwarzbäcker, ruft mich an und fragt, ob man mich etwa aus dem herzoglichen Marstall herausgeworfen habe, er könne einen Bäckerburschen gebrauchen. Ich antwortete gar nicht auf diese törichte Hänselei — als ob unsereins je ein Bäcker werden wollte! — und trat beim Meister Urban ein. Der ist gut Freund mit dem Christoph und kennt mich, seit ich auf der Welt bin.

Als ich in die Backstube eintrete, sehe ich ihn vor

dem Backtrog stehen und einen mächtigen Teig abkneten. Es muss schwere Arbeit sein, die Muskeln treten in Knoten an seinen Armen hervor und sein rundes, feistes Gesicht ist dunkelrot vor Anstrengung.

Ich setze mich auf einen Schemel in seine Nähe und warte; sobald er fertig ist, denke ich, wird er wohl mit mir zu sprechen beginnen.

Er aber bedenkt mich nur mit einem schiefen Blick, wirft einen Teil des Brotteiges aufs Brett und beginnt ihn nochmals durchzukneten und einen Laib zu formen. Zwei von den Bäckerbuben knien vor dem Ofen und schüren das Feuer.

„Was habt Ihr denn, Meister Urban?", frage ich.

Der Meister knurrt und wirft den Teig aufs Brett, dass es knallt. „Mir ist's lieber, wenn ich keinen von euch sehe!"

„Von uns?", frag ich. „Was soll das heißen!"

„Vom Hof, meine ich. Ich kann das griechische Wesen nicht leiden. Was braucht es das bei uns? Wien liegt in Österreich!"

„Freilich", entgegne ich. „Das kann niemand leugnen. Ich sehe aber nicht ein, was es die Wiener stören kann, dass unsere Herzogin aus Byzanz stammt."

„Es stört mich, dass der Frau Herzogin unser Wiener Brot nicht gut genug gewesen ist für das Prinzlein. Nein. Da muss ein andres gebacken werden mit besonderem Mehl und besonderem Gewürz nach eigenem Rezept und griechischer Art, sonst wird das Prinzlein krank! Unsere Kinder hier" — und wieder klatscht der Teig aufs Brett —, „vertragen unser Brot! Aber der Cyprian, drüben, über die Gasse, der ist gleich zum Hof gerannt und hat sich bei der Herzogin melden lassen: ja, gewiss, genauso wird er's backen, wie sie es wünscht, flaumleicht und flockig und kaum gebräunt und was weiß ich noch ... Und nun ist der Bäcker Cyprian Hoflieferant und wir anderen ehrlichen Wiener Bäckermeister stehen da und haben das Nachsehen mit unserem Brot. ‚Griechisches Kinderbrot' nennt er's und tut sich weiß Gott was darauf zugute!"

„Ihr wisst ja, Meister Urban, dass der kleine Prinz Heiner verschwunden ist! Da wird der Meister Cyprian auch kein griechisches Kinderbrot mehr verkaufen!"

„Das ist's ja!", murrt der Urban. „So etwas wird Mode. Ich hab' auch erst gemeint: ist der Prinz fort, so wird auch nach dem Brot nicht mehr gefragt werden. Aber nein! Es scheint, dass die Damen und gar auch die Herren Ritter Gefallen finden an dem süßlichen Zeug und ein ehrliches Stück Roggenbrot verschmähen!"

„Ritter —?", frage ich und lege so viel Zweifel in das Wort, wie ich nur wage.

„Glaubst du vielleicht, dass ich einen Ritter nicht von einem Knecht unterscheiden kann, dummer Bub? Erst ist die Kammerfrau der Herzogin dagewesen, die schmale, junge, schwarze — weiß ihren Namen nicht. Dann kommt ein Ritter, wenn auch ohne Sporen und ohne Wappenrock und läuft straßauf, straßab nach diesem Zuckerbrot."

„War vielleicht eines von diesen jungen adeligen Bürschchen, die am Himmelfahrtstag zum Ritter geschlagen wurden."

„Nein!", sagt Meister Urban zornig, „nicht eines von diesen halben Kindern war es, an denen man solche Naschhaftigkeit noch entschuldigen könnte! Nein, ein ernster, großgewachsener Mann, dunkelhaarig und mit einer Narbe auf der Stirn ..."

Die Helene und der Seckauer!, denke ich. Aber ich lasse mir nichts anmerken.

„Nun?", frage ich anscheinend gleichgültig. „Hat er das griechische Gebäck bekommen, der Ritter?"

Meister Urban spuckt aus, um seinen Abscheu deutlich kundzutun. „Der Cyprian wird wohl welches gehabt haben!"

So also war das. Die schwarze Helene und der Seckauer sind in aller Morgensfrühe in der Bäckerstraße gewesen, um griechisches Kinderbrot zu kaufen. Der Seckauer war ohne Sporen und Schwert, wollte gewiss nicht erkannt werden. Die Helene hätte es dem Kürenberger verraten können, deshalb hat er den Streit vom Zaun gebrochen, um den Kürenberger aus dem Weg zu räumen ...

Himmel! Die Sonne war schon da! Der Kampf hatte gewiss schon stattgefunden und vielleicht lebte der Kürenberger gar nicht mehr!

Ich denke gar nicht mehr daran, mich von Meister Urban zu verabschieden, ich renn' hinüber zum Freisinger Hof, dort kann man schon etwas wissen, dort muss man schon etwas wissen ...

Am Tor des Freisinger Hofes ist ein aufgeregtes Kommen und Gehen; ich will mich an einen der Diener heranmachen, aber jeder schiebt mich weg, keiner hat Zeit für mich — und alle reden durcheinander, ich kann nicht klug werden daraus. Der Kürenberger ist tot, heißt es; nein, schwer verwundet; nein, nur betäubt; er wird's überleben; nein, er wird noch an diesem Tag sterben. Der Fürstbischof ist bei ihm; nein, Herr Otto erwartete ihn hier; nein, er ist hinausgeritten vors Kärntner Tor.

Und während sie noch durcheinander reden und jeder etwas anderes weiß oder vermutet, bringen sie den Kürenberger getragen — zwei Knechte des Freisinger Bischofs tragen ihn auf einer Bahre — und neben dieser Bahre reitet der Bischof und verhindert durch seine bloße Gegenwart, dass sich die Neugierigen herandrängen.

„Ist er tot?", schreie ich laut.

Der Bischof schaut gar nicht nach mir hin, sein Gesicht ist blass und wie von Stein. Aber dem Kürenberger zucken die Augenlider und er bewegt ein wenig die linke Hand — tot ist er also nicht! Heilige Jungfrau, lass ihn am Leben bleiben! Mach ihn gesund, heilige Jungfrau!

Die Knechte vom Freisinger Hof haben alle Gaffer von der Schwelle gejagt, auch mich; und ich habe selbst einsehen müssen, dass ich jetzt dort nichts mehr zu suchen hatte.

Wo hatte ich überhaupt auf der Welt noch etwas zu suchen? — Der Kürenberger schwer verwundet, wenn nicht sterbend; Christoph eingesperrt, Zeno in den Zimmern der Herzogin festgehalten — und von der Arbeit im Stall war ich befreit, und ich hatte auch gar keine Lust, sie freiwillig wieder aufzunehmen, jetzt, da Christoph nicht da war. — Und den kleinen Prinzen Heiner fand ich ja doch nicht wieder, da so viele kluge Herren ihn vergeblich suchten.

Wie ich also recht trübselig und verzweifelt durch

die Gassen schleiche und an der Stephanskirche vorbei-
komme, höre ich rufen: „Bertl! Bertl! Komm herüber zu
mir!"

Da sehe ich den alten Oswald mit seinem Meißel
vor einem Werkstück knien, das Gesicht mit Steinstaub
bedeckt, sodass die Augenbrauen aussehen, als läge
Raureif auf ihnen. „Mich habt ihr wohl vergessen, he?"

Ich laufe hin und als ich neben ihm stehe, wird mir
elend zumute und ich muss mich niedersetzen, sonst
wäre ich gefallen.

„Hallo, Bub", sagt Oswald und legt seinen Meißel
fort, „was ist mit dir los? Bist ja weiß wie ein Stück
Marmor! Hast noch kein Frühstück im Magen, wie?"

„Nein", sage ich schwach. Und mir fällt ein: zu
Abend hatte ich auch nichts gegessen, ich hatte gar
nicht daran gedacht. „Sie haben meinen alten Christoph
eingesperrt, Oswald!", sage ich. Und ich kann es nicht
ändern, ich muss wieder weinen.

Oswald sucht in seinem Ranzen und bringt ein
Stück Brot und Käse hervor. „Iss", sagt er. „Und dann
erzähle! Aber erzähle alles und genau!"

Nun, das tue ich. Ich bin froh, dass ich mir alles von
der Seele reden kann. Es wird wohl ein wenig kunter-
bunt herausgekommen sein, aber der Oswald hat Fragen gestellt, wenn ihm etwas nicht klar wurde, und
schließlich wusste er alles genauso gut wie ich selbst.

Als ich fertig bin, nimmt er den Meißel wieder zur
Hand und stemmt und hämmert, als wäre ich gar nicht
mehr da. Ich bin so müde nach all den Aufregungen,
dass ich ganz still sitze, den Kopf zwischen den Händen; die warme Morgensonne scheint mir auf den Rü-

cken, geschlafen habe ich nicht, aber so vor mich hingedämmert; tun konnte ich ja doch nichts mehr, ich war ja viel zu dumm, zu machtlos und zu schwach ...

Ich weiß nicht, wie lange ich dagesessen habe und wie lange Oswald an seinem Marmor gehämmert hat — plötzlich aber wirft er das Werkzeug zur Seite, Eisen klirrt auf Eisen, und er schreit mich an: „Ich hab's, Lambert!"

Ich fahre auf. Wenn mich einer „Lambert" nennt, so hat's gewöhnlich etwas Schlimmes zu bedeuten. Hab' ich was angestellt? Bin ich eingeschlafen gewesen?

„Hör zu!", sagt der Oswald. „Du gehst jetzt in den Stall, kriechst in deinen Verschlag und schläfst ..."

„Aber ..."

„Kein aber! Ein Mensch braucht seinen Schlaf, wenn er nachher seine fünf Sinne beisammen haben will. Und du willst doch den kleinen Prinzen finden und den Christoph aus dem Loch holen, nicht?"

„Aber ..."

„Jetzt lass mich reden! Ich habe mir alles überlegt. Ich meine, das Prinzchen ist noch in der Stadt."

„Oswald!"

„Hör zu!", sagt Oswald. „Ihr seid sehr rasch von Melk zurückgekommen, der Herzog, die Herzogin, der Freisinger und ihr alle — viel rascher, als man erwarten konnte. Das Kind ist erst knapp vor eurer Rückkehr geraubt worden. Sicher hatte man damit gerechnet, noch die ganze Nacht vor sich zu haben. Nun aber hat die Verfolgung schon am späten Abend eingesetzt: die Tore wurden bewacht, die Donaufischer waren auf dem Posten und auf allen Straßen sind die Dienstleute ausgeschwärmt. Und niemand hat auch nur eine Spur von dem Kind und den Räubern gefunden. Warum? Weil eben keine zu finden war! Das Kind ist noch da! Man hat keine Möglichkeit gehabt, es ungesehen aus der Stadt zu schaffen!"

„Aber wo kann es denn sein, Oswald, wo?"

„Wenn ich das wüsste", sagt der Steinmetz grimmig, „ginge ich stehenden Fußes zum Hof und würde mir eine hübsche Belohnung verdienen. Darum sag' ich: erst schlafen, dann nachdenken. — Die erste Spur gibt uns Christoph mit seinem Fund, mit dem Spielzeug; die hilft nicht viel, zugegeben. Die zweite geben uns die Bäcker — die mag schon mehr wert sein ... Nun, lass dir in der Hofküche eine warme Suppe geben und dann schlaf, Bertl, wie ich es dir gesagt habe. Nachher wollen wir weiterreden."

Er nahm sein Werkzeug wieder auf, arbeitete und sah mit keinem Blick mehr nach mir hin.

Da ging ich denn — mir war, als hätte ich Blei in den Füßen — und tat, wie er gesagt hatte.

In der Küche sahen sie mich von der Seite an, schoben mir etwas zu essen hin, redeten aber nicht mit mir; das war Christophs wegen. Anfangs hatte gewiss keiner an seine Schuld geglaubt; sie kannten ihn ja alle, und es musste ihnen undenkbar scheinen, dass er seine Hand bei einem so abscheulichen Verbrechen im Spiel haben könnte. Aber je mehr Zeit verging, desto misstrauischer wurden alle und schließlich traute überhaupt keiner mehr dem anderen.

Ich kroch ins Stroh, weil ich es Oswald versprochen hatte, aber ich war überzeugt, ohnehin nicht schlafen zu können. Kaum jedoch hatte ich mein Gebet gesprochen, als ich auch schon „drüben" war, und als ich wieder erwachte, war es heller Morgen. Ich hatte fast achtzehn Stunden geschlafen. Was konnte ich alles versäumt haben!

Ich rannte zum Brunnen hinab, mich zu waschen und die ersten Neuigkeiten zu hören, aber es gab anscheinend nichts Neues. Überall im Land suchte man fieberhaft nach dem Kind wie zuvor, der Herzog ging umher wie eine Gewitterwolke und die Herzogin, sagte man mir, habe keine Tränen mehr und sitze stundenlang stumm und verzweifelt an der leeren Wiege.

Ich schlich unter ihre Fenster und versuchte, dem Zeno zu pfeifen; nach einer Weile kam er auch über die Treppen heruntergerannt, raunte mir zu, dem Kürenberger gehe es besser, der Arzt des Herzogs habe gesagt, sterben werde der Sänger nicht, obwohl die Verwundung schwer und der Blutverlust groß sei.

Ich berichtete ihm hastig von Oswalds Vermutung, das Kind sei noch in der Stadt; das aber wollte er nicht glauben. Da sei die Gefahr der Entdeckung doch viel zu groß! — Nein, mit mir kommen könne er jetzt nicht, er habe diesen Tag Dienst bei der Herzogin, weil zwei der anderen Pagen erkrankt seien. Gegen Abend werde er versuchen, sich freizumachen und zu mir in den Stall hinüberzukommen.

Ich zog also allein los und ging zuerst zu Oswald hinüber. „Ausgeschlafen habe ich", sagte ich. „Klüger bin ich dadurch nicht geworden. Ist dir mittlerweile etwas eingefallen?"

„Nein", sagte der Alte traurig. „Mir auch nicht. Man muss eben weitersehen und aufs gute Glück hoffen. Halt die Augen offen — auch hier in der Stadt."

Nun, das war ein schwacher Trost. Ich schlenderte also durch die Stadt und natürlich zog es mich in die Nähe des Freisinger Hofes. Ich will doch wenigstens sehen, ob ich über den Kürenberger etwas erfahren kann, dachte ich. Ich stelle mich also ans Tor, sehe nach einer Weile den Wundarzt herauskommen, den wagte ich nicht anzusprechen; gegen Mittag kam der Bischof von Passau, der schaut streng aus, da tut unsereins besser, sich nicht sehen zu lassen. Eine halbe Stunde später geht der Bischof Otto durchs Tor, da trete ich ein bisschen nach vorn, vielleicht bemerkt er mich.

Er sieht mich auch wirklich, bleibt stehen, sagt: „Nun, Junge! Es steht schlimm um unsere Sache, wie?"

„Geht es dem Herrn von Kürenberg noch nicht besser?"

„Doch", sagt er, „es geht ihm besser, den Heiligen sei Dank. Er hat vorhin nach dir gefragt." Er schaut mich an, überlegt. „Komm", sagt er dann. „Für eine Viertelstunde sollst du zu ihm dürfen — länger nicht. Und gib acht, dass du nichts sagst, was ihn erregen könnte."

Ich nicke nur, laufe die Stiege hinauf, und als mich einer der Diener durch die Tür des Krankenzimmers schiebt, ist mir, als hätte ich einen Klumpen im Hals und könne überhaupt nicht sprechen.

Der Kürenberger liegt auf dem Bett, die Schulter und den linken Arm hat er verbunden, und er ist so blass, dass ich zuerst kaum glauben kann, dass noch

Leben in ihm ist. Aber dann schlägt er die Augen auf und bringt sogar etwas wie ein Lächeln zuwege.

„Der Bertl", flüstert er. „Komm näher! Ganz dicht zu mir! Ich kann nicht lauter sprechen." Ich schiebe mich heran und knie nieder neben dem Bett. „Habt ihr Jungen etwas entdeckt?"

Ich schüttle den Kopf.

„Aber es ist euch wenigstens nichts geschehen. Weiß der Seckauer, dass ihr hinter ihm her seid?"

„Nein."

„Gebt acht, dass er es nicht bemerkt; ihr seht ja an mir, was das für Folgen hat, Bertl!"

„Ja?"

„Wenn nicht die Freisinger Knechte hinzugesprungen wären und den Kampf unterbrochen hätten, als ich verwundet und halb bewusstlos niederstürzte: der Seckauer hätte mich nicht am Leben gelassen."

„Ein Ritter darf doch keinen Wehrlosen schlagen!", rufe ich empört.

„Nein —", sagt der Kürenberger. „Und doch habe ich seine Waffe dicht ober mir gesehen, ehe ich die Besinnung verloren habe. Mein Tod war dem Seckauer wichtiger als seine Ritterehre. Also? Was folgt daraus?"

„Ihr dürft Euch nicht erregen ... Wir wollen später, wenn Ihr gesund seid ..."

„Unsinn! — Was folgt daraus, frage ich? Dass er meint, ich wisse etwas, was ihm gefährlich sein könnte. Was weiß ich aber tatsächlich? Ich habe ihn nur zweimal in meinem Leben gesehen: an diesem Abend, da es den Streit gab — und am Morgen zuvor bin ich ihm in der Stadt begegnet, aber da kannte ich ihn noch gar nicht."

„Wo begegnet, Herr Ritter?"

„In der Bäckergasse muss es gewesen sein ..."

„Ich war heute früh bei den Bäckern", berichte ich aufgeregt, „und da hat man mir erzählt, dass ein Ritter, der so wie der Seckauer aussah, griechisches Weißbrot beim Bäcker Cyprian geholt hat — Brot, wie es im Auftrag der Herzogin für die jungen Prinzen gebacken wird ..."

„Was?!", schreit der Kürenberger laut und will sich aufrichten, aber er sinkt mit einem Stöhnen wieder zurück. „Griechisches Honigbrot hat er geholt? Dann steht er vielleicht doch mit den Räubern oder ihren Mittelsleuten in Verbindung. Ihr müsst suchen! Ihr müsst spähen! Ich kann's ja nicht!"

Diener kommen herein, sagen, ich müsse fort, der Arzt habe nicht erlaubt, dass der Verwundete spreche.

„Ich kann's nicht!", ruft mir der Kürenberger noch nach. „Aber seid ja vorsichtig, vorsichtig! Dass niemand Verdacht schöpft! Er ist aus der Bäckerstraße gegen das Gestade hin gegangen!"

Dann haben mich die Diener hinausgeschafft, und ich habe ja auch selbst gesehen, dass der Kürenberger fiebrige Augen hatte und rote Flecken auf den Wangen und dass jedes Wort, das er sprach, ihm Schmerzen bereitete.

ICH BIN IN DER STADT HERUMGESTROLCHT, ohne eigentliche Hoffnung, etwas zu entdecken, und schließlich, als es schon dämmerte, bin ich ans Gestade hinabgegangen, ob vielleicht dort etwas Verdächtiges zu sehen sei. Es war aber alles wie immer.

Unten am Gries haben die Donaufischer ihre Netze getrocknet, und dort und da lag ein Boot kieloberst am Ufer und ein Schiffer war dabei, es zu überholen. Ein- oder zweimal sah ich auch kleine Gruppen von herzoglichen Waffenknechten vorübergehen; und als ein Fischer sein Boot von der Anlegestelle losmachte — zu ungewohnter Stunde, denn die Fischer fahren sonst am frühen Morgen aus —, da eilten einige von ihnen herbei, und ich sah, dass das Boot gründlich untersucht wurde, ehe es das Ufer verlassen durfte. Sie waren also überall auf dem Posten und niemand bedurfte meiner.

Ich war sehr niedergeschlagen, denn ich hätte so gerne etwas zur Rettung des kleinen Heiner getan; aber ich konnte doch nicht von Haus zu Haus gehen und nach ihm suchen. Das wäre mir übel bekommen, die Leute waren ohnehin schon erregt genug durch die beständige ungewohnte Bewachung.

Ich beschloss also heimzukehren; jetzt, dachte ich, werde Zeno wohl bald frei sein. Vielleicht fiel ihm etwas ein. Außerdem stand ein Gewitter am Himmel, und ich trug eine dünne Leinenjacke; ich wollte nur rasch noch im Vorübergehen in die Rupertskirche eintreten; so viel Zeit blieb mir wohl noch.

In der Kirche war es schon fast ganz dunkel, nur ein kleines Öllämpchen brannte auf dem Altar. Links davon hatten die Fischer ihrem Patron, dem heiligen Petrus, eine Statue errichtet, und rings um dieses Bild waren kleine Weihgaben zum Dank für glücklichen Fang an die Mauer geheftet: ein winziges, kunstvoll geschnitztes Boot, ein kleines Netz aus Fischgräten und sogar ein winziges Fischlein aus Silber.

Während ich das betrachtete, betete ich sehr innig, es möge doch auch uns ein guter Fang glücken — sodass der kleine Prinz gefunden würde und mein alter Christoph freikäme; und ich versprach, dass ich nie mehr unzufrieden mit meinem Schicksal sein und mein Leben lang herzoglicher Pferdeknecht bleiben wolle — wenn nur alles wieder gut werde.

Als ich die Kirche verließ, ein bisschen getröstet und beruhigt, und mir eben vornehme, nun rasch heimzulaufen — da sehe ich Lourion!

Das heißt, ich sah nichts als einen weißen Schimmer die Fischerstiege hinabhuschen, aber ich hörte ganz deutlich: „Miau miau ..." Es war Lourion!

Das fiel mir zentnerschwer auf das Gewissen! Ich hätte doch auf die Katze achten müssen! Die Herzogin, hatte mir Zeno gesagt, beginne sich noch verzweifelter zu gebärden, wenn Luri schmeichelnd an ihr herumstrich, und so hatte man sie aus den herzoglichen Zimmern verbannt. In der Küche gab man ihr wohl das gewohnte Futter, aber sie fand doch nirgends die liebevolle Wärme, an die sie gewöhnt war. Nun hatte sie ihr Jagdgebiet vom Bauplatz von Sankt Stefan bis hierher ans Gestade ausgedehnt. Wahrscheinlich hatte ihr der eine oder andre von den Fischern etwas von seinem Fang zukommen lassen und sie war auf dem Weg, sich wieder etwas von ihrer Leibspeise zu erbetteln. Aber das durfte sie jetzt doch nicht! Und ich hatte keine Vorsorge für sie getroffen, wie es doch meine Pflicht gewesen wäre nach alldem, was wir mit Helene erlebt hatten! Ich musste sie rasch einfangen und an den Hof zurückbringen und dann — so gelobte ich mir — würde es ihr nicht mehr gelingen auszureißen!

„Luri!", rief ich. „Lourion!"

Das kleine weiße Etwas blieb stehen, ich sah es deutlich auf dem Hintergrund einer dunklen Mauer, und ließ mich näher herankommen. Und dann, als ich gerade nach der Katze greifen wollte, tat sie einen Sprung, rannte um eine Ecke. Ich lief ihr nach und konnte gerade noch sehen, wie sie durch die Spalte einer halboffenen Tür verschwand.

Aber das war doch — ich sah mich um — natürlich, das war doch Kajetans Häuschen, in das Luri hineingelaufen war! Ich war froh, dass sie bei Kajetan eingedrungen war, bei einem, der mich kannte, da konnte ich sie ohne Schwierigkeit holen. Ich lief hin, die Tür war nur angelehnt, wie ich schon sagte, Kajetan saß am Herd, in dem ein kleines Feuer brannte, und flickte an einem Netz.

Als ich die Tür aufstieß, tat er einen lauten Schrei — einen so lauten Schrei, dass ich darüber lachen musste.

„Ich bin es nur, Kajetan", sagte ich. „Der Bertl vom Hof! Hab' ich dich so sehr erschreckt?"

Der Alte sank auf seinen Schemel zurück und starrte mich böse an. „Erschreckt, erschreckt ...", knurrte er. „Freilich hast du mich erschreckt, dummer Bub. Was fällt dir ein, zur Nachtzeit in die Häuser fremder Leute einzudringen wie ein böser Feind? Hast hier nichts zu suchen! Geh!"

„Gleich!", sag' ich. „Ich habe nur eben die Katze der Herzogin hier hereinlaufen sehen und will sie zum Hof zurückbringen. Wo ist sie denn? Luri, Luri!"

Keine Lourion ist zu sehen.

„Hast wohl mit offenen Augen geträumt", spottet der Alte. „Hier ist keine Katze! Hätte sie ja sehen müssen. Hätte es auch gerne gesehen, das Fabeltier, von dem so viel geredet wird!"

„Sie ist ganz gewiss hier zur Tür hereingelaufen!"

„Unsinn, sag' ich dir! — Willst einen Fisch für die Küche haben? Vor einer Stunde ist mir einer ins Netz gegangen, da, schau her — das wäre etwas für die herzogliche Küche, wie?" Und er zieht aus der Steinwanne einen prächtigen Fisch an der Schwanzflosse heraus.

Der Koch wäre zufrieden, wenn ich ihn mitbrächte, das weiß ich. Aber die Katze ist mir jetzt bei weitem wichtiger. Ich mache die Tür hinter mir zu, damit sie nicht unversehens hinaushuschen kann und schaue mich um. Lourion ist nicht zu sehen.

Der Alte betrachtet mich mit misstrauischen Blicken. „Nun? Wie wär's?" Er hält noch immer den Fisch empor. Sonst ist es nicht seine Art, die Ware anzupreisen. Ein guter Fisch spricht für sich selbst, hat er mir einmal gesagt. Mir ist es geradeso, als wollte er mich ablenken. Von Lourion ablenken?

„Die Katze muss hier sein!", beharre ich. „Du wirst eben nicht nach der Tür gesehen haben, als sie hereingehuscht ist. Luri! Lourion!"

Ich bücke mich, schaue unter den Herd — nichts. Hinter die Fischwanne — nichts. Die Hütte hat nur zwei Räume: die Küche, in der wir uns jetzt befinden, und eine winzige Kammer, in der das Bett des Alten steht. Die Tür ist nur angelehnt. Ich will hineinsehen.

„Weg da!", knurrt der Alte giftig. „Ich lass nicht jeden hergelaufenen Jungen in meine Kammer!"

„Schau, Kajetan", sage ich begütigend, „du kennst mich doch schon lange, du weißt, dass ich dir nichts wegnehme ..." Ich denke bei mir, dass wohl auch kaum etwas, was des Wegnehmes wert wäre, in dieser schmutzigen Behausung zu finden ist. „Ich will doch bloß nach der Katze sehen. Das ist meine Pflicht."

„Pflicht, Pflicht! Verwünschte Neugierde ist es, gar nichts sonst!"

„Aber Kajetan!"

„Aber Kajetan, aber Kajetan!", äfft mich der Alte nach. „Schön. Sollst einen Blick hineintun. Aber nur einen Blick. Und nur von der Schwelle aus."

Gut, denke ich. Die Kammer ist klein. Mit einem Blick muss ich das weiße Fellchen entdeckt haben. Kajetan lässt den Fisch in die Wanne zurückgleiten und geht voran, die Öllampe in der Hand. In der einen Ecke der Kammer steht ein hölzerner Bettschragen — da ist Luri nicht — weder darunter, noch auf den Decken, die da liegen. In der anderen Ecke befindet sich ein Haufen alter Netze. Kajetan hat einen Stock zur Hand, mit dem fährt er zwischen die Netze und türmt den Haufen noch höher auf. Wäre Lourion unter diesen Netzen versteckt, so wäre sie sogleich erschreckt herausgesprungen. Dennoch mache ich einen Schritt auf diese Ecke zu.

„Fort!", schreit der Alte und hebt drohend den Stock. „Glaubst du, ich lasse mich von dir zum Narren halten? Du hast dich überzeugt, dass dieses Vieh, die Katze, nicht da ist, und damit ist es genug! Schau, dass du weiterkommst und störe mir nicht länger meinen Feierabend, du dummer Junge!"

Wie ist das möglich — wie ist das nur möglich? Ich habe Lourion doch gesehen, mit diesen meinen Augen gesehen! Dort ist sie hereingeschlüpft; das Fenster war geschlossen, die Tür habe ich hinter mir zugemacht, einen anderen Ausgang hat die Hütte nicht — und doch ist Lourion nicht da! Es wird doch nicht ein Gespenst gewesen sein, das mich zum Besten gehabt hat!

Kajetan fängt an, boshaft zu kichern. „Du machst ein solch dummes Gesicht, Bertl", sagt er, nun in beinahe gemütlichem Ton. „Nimm's dir nicht so zu Herzen. Ich habe auch schon manchmal Dinge gesehen, die gar nicht vorhanden waren. Besonders nach ein oder zwei Krügen Wein, da kann mir das schon geschehen."

Gut und schön. Das kann dem Kajetan geschehen. Ich habe aber keinen Wein getrunken, ich nicht. Bisher ist alles, was ich je gesehen habe, auch wirklich dagewesen und war mit Händen zu greifen.

Ich kann es nicht verstehen. Aber ich weiß auch nichts mehr zu tun. Luri ist wirklich nicht da; und wenn Kajetan mich nun hinauswirft, so ist das sein gutes Recht. „Nichts für ungut, Kajetan", sag' ich, will gehen.

„Und wie ist das mit dem Fisch?", ruft er mir nach.

„Ein andermal!", ruf ich zurück. Und nun kracht ein Donnerschlag, ein Blitz nach dem anderen zuckt über Sankt Rupert auf und das Rauschen ertönt, das dem Gewitterregen vorangeht. Ich renne zur Fischerstiege, aber ich bin noch nicht die Hälfte der Stufen hinaufgelaufen, als der Regen schon losbricht; mit solcher Gewalt bricht er los, dass ich in wenigen Sekunden völlig durchnässt bin.

Arme Lourion, denke ich, die du in solchem Wetter

unterwegs bist! Wie wird dein glänzendes Fellchen aussehen? — Denn ich muss nun doch annehmen, dass die Katze an mir vorbeigeschlüpft ist, während ich über die Schwelle getreten bin. Ich kann es mir zwar nicht recht denken — aber es kann doch wohl nicht anders sein!

Suchen kann ich sie in diesem Wetter auch nicht; ich muss sehen, dass ich mich selbst ins Trockene bringe. Dann, sobald das Gewitter vorbei ist, so nehme ich mir vor, will ich nochmals an das Gestade hinab.

ICH STOLPERE ALSO DURCH DEN REGEN nach Hause, sehr rasch komme ich in diesem Wetter nicht weiter, die nassen Haarsträhnen hängen mir in die Augen, die Füße rutschen auf den schlüpfrigen Steinen, und ab und zu, wenn die Blitze zu dicht aufeinander folgen, verweile ich mich wohl auch ein wenig in einem offenen Haustor. Schließlich komme ich an den Hof, laufe in den Stall und will rasch in meinen Verschlag hinaufklettern, damit ich das nasse Zeug vom Leib kriege.

Ich bin schon den halben Weg auf der Leiter emporgestiegen, als ich zufällig einen Blick zu Brun hin tue, dessen Bein schon recht gut zu heilen beginnt — und da ..., was seh' ich da? — Da liegt Lourion friedlich zwischen den Vorderbeinen des großen Jagdhundes.

Ich bin beinahe die Leiter hinabgefallen. Das ist doch nicht möglich — das ist doch einfach nicht möglich! Ich vergesse die nassen Kleider und laufe hin, durchaus darauf gefasst, dass die Katze sich wieder, wie im Hause Kajetans, in Nichts auf löst ...

Aber nein. Diesmal bleibt sie vor meinen Augen liegen; und als ich mich niederbeuge und sie streichle, schnurrt sie leise und zufrieden. Das Pelzchen ist staubtrocken, nicht einen Tropfen Regen hat es abgekriegt. Also muss Lourion die ganze Zeit über während des Unwetters hier im Stall gewesen sein. Aber ich habe sie doch gesehen, vorhin bei Kajetan!

Meine Gedanken werden immer wirrer. Am Ende bin ich verrückt geworden? So etwas gibt es ja. Ich muss Zeno fragen, ob er schon früher an mir etwas Befremdliches bemerkt hat ...

Das eine steht fest: es gibt nur diese eine weiße Katze in Wien und ich habe sie bei Kajetan gesehen. Und andererseits kann ich sie nicht gesehen haben! Kopfschüttelnd und ganz verwirrt steige ich die Leiter empor; ich will nicht mehr denken, nicht mehr nachdenken, ich will nicht ... steige die Leiter empor, hänge mein nasses Zeug zum Trocknen über einen Balken und ziehe mein Sonntagsgewand an. Eben als ich fertig bin, höre ich Zeno unten rufen: „Bertl, bist du da?"

Ich klettere hinunter. Zeno hatte für Luri ein Stückchen gebratenen Fisch mitgebracht, das hatte sie von Bruns Seite fortgelockt. Und nun sehe ich es auch: sie hält das linke Vorderpfötchen erhoben und kann damit nicht auftreten.

Zeno lässt sich neben Brun ins Stroh fallen und nimmt Lourion auf den Schoß. „Sieh einmal nach!", sagt er. „Vielleicht hat sie sich einen Dorn in den Fuß getreten. Ich werde sie halten."

Ich nehme das Pfötchen vorsichtig zwischen die Finger, wende es dem Licht entgegen. Die rosa Zehenballen sind unverletzt; es schmerzt offenbar im Gelenk, das Füßchen ist verrenkt oder geprellt. Ja, was ist denn das? Da ist doch Blut an den Krallen. Und nicht nur Blut ...

„Zeno, wann war Luri das letzte Mal in den Zimmern der Herzogin?"

„Weshalb? — Ich glaube, vorgestern."

„Heute nicht? Denke genau nach! Heute nicht?"

„Heute ganz gewiss nicht, das kann ich beschwören."

„Dann sieh einmal, was das ist!" Und ich zeige ihm, was ich von den spitzen Krallen gelöst habe: ein Stückchen eines apfelgrünen Seidenstoffes. „Bei uns im Stall", sage ich, ganz heiser vor Erregung, „gibt es keinen apfelgrünen Seidenstoff — das kannst du mir glauben!"

Zeno starrt auf das kleine Stückchen Stoff. „Die Seidendecke des kleinen Heiner ... genau diese Farbe hatte sie — genau diese Farbe!"

Wir schauen einander an — minutenlang sind wir viel zu aufgeregt, als dass wir sprechen könnten.

„Nachdenken!", stammelt Zeno endlich. „Nachdenken, Bertl! Denken! Jetzt muss die Lösung ganz nahe sein, ich spüre es, ich ..."

Und da sage ich ihm, dass ich die Katze gesehen habe, vorhin, noch keine Stunde ist es her, bei Kajetan. Und dass das wiederum gar nicht sein kann.

„Wer ist Kajetan?," fragte Zeno zerstreut.

„Der alte Fischer!", antworte ich ungeduldig, obwohl ja zu begreifen ist, dass Zeno sich des Namens nicht entsinnt. „Der Alte, bei dem wir damals die Fische für Lourion aufgetrieben haben!"

„Weiß schon. Damals hat es nicht weniger geregnet als heute."

„Zeno!!"

„Was denn?"

„Zeno! Erinnerst du dich, was der Alte damals gesagt hat?!"

„Unfreundlich war er, das weiß ich. Und betrunken."

„Ja ... und er hat gesagt, eben in seiner Trunkenheit: ‚Zwei junge Herren vom Hof ... Müssen beim alten Kajetan um Köderfische betteln ...' "

„Was hat denn das jetzt damit zu tun?"

„‚Sind dabei nass geworden bis auf die Knochen' — hat er gesagt. ‚Und könnten doch so gut trockenen Fußes zum alten Kajetan gelangen!'"

„Das hat er gesagt? Ich erinnere mich nicht. Das hat er wirklich gesagt, Bertl?"

„Genau das. Ich habe nicht darauf geachtet damals ..."

„Und du hast Lourion wirklich gesehen? Bei ihm gesehen? Eben jetzt?"

„Ich könnte es beschwören. Und wenn ich nicht verrückt bin ..."

„Höre!", sagt Zeno ganz leise und so feierlich, dass mir der Atem stockt, „dann wissen wir, wo das Kind ist!"

„Zeno!!'

„Hör zu. Rechne es zusammen. Denke nach ..." Auch er ist aufgeregt, so sehr, dass er zu stottern beginnt. „Das Kind, meint Oswald, und nun glaube ich, dass er doch recht damit hat, obwohl ich es erst für Unsinn hielt, ist in der Stadt selbst versteckt, weil man es nicht mehr heimlich aus den Toren bringen konnte. Christoph hat das Spielzeug im Keller gefunden. Kajetan hat in seiner Trunkenheit damals verraten, dass es eine Verbindung vom Hof bis zum Gestade gibt. Du hast Lourion bei ihm gesehen. Kajetan leugnet, dass die Katze bei ihm war ... Als du zurückkommst, ist Luri im Stall, kein Härchen ist nass, aber sie hat Blut und ein Stückchen grüner Seide an den Krallen und hinkt ... Zähl doch zwei und zwei zusammen, Bertl!"

„Warum hinkt sie, Zeno?"

„Vermutlich hat man sie festgehalten und sie wollte sich befreien. Vielleicht hat man neuerdings den Versuch gemacht, sie zu töten, aber sie hat sich gewehrt, hat sich losgerissen und ist entkommen. Brave, tapfere Lourion!" .

Lourion schnurrte.

„Wenn sie uns nur noch mehr verraten könnte!"

„Sie hat genug getan!", sagte Zeno. „Das Weitere ist unsere Sache."

„Willst du zum Herzog?"

„Nein", erwiderte er. „Wir gehen beide. Und nicht zum Herzog, sondern zum Freisinger Bischof. Wir haben es ihm versprochen, dass wir es zuerst ihm sagen, wenn wir etwas entdecken."

ES REGNETE NOCH IMMER, aber es war mittlerweile schon finstere Nacht geworden. Zeno ließ es nicht zu, dass ich meinen alten Sack umnahm, sondern holte mir einen seiner eigenen Mäntel; er war offenbar der Ansicht, dass wir unsere Nachricht mit Würde vorbringen müssten.

Ich fühlte mich keineswegs sicher, dass es uns gelingen werde, jetzt, gegen Mitternacht, beim Freisinger vorgelassen zu werden, aber Zeno schien gar nicht daran zu zweifeln. Er hatte nicht nur den Mantel für mich, sondern auch Lourions Körbchen mitgebracht.

„Wir nehmen Lourion mit", erklärte er. „Als Beweis und auch aus Vorsicht. Es könnte auch ein andrer entdecken, was Lourion an ihren Krallen hat. Außerdem wissen wir nicht, wie die Verbindung zwischen dem Seckauer und seinen Mittelsleuten vor sich geht. Vielleicht erfährt er schon in dieser Stunde, dass Lourion das Versteck entdeckt hat und entkommen ist. Lourions Leben ist in Gefahr, mein Lieber. Wir dürfen sie jetzt keinesfalls allein und unbewacht lassen."

„Vielleicht ist auch unser Leben in Gefahr", sage ich, und mir ist nicht sehr wohl dabei.

„Ja", sagt Zeno stolz. „Ohne Einsatz gibt es keinen Gewinn." Fügt dann aber doch recht vernünftig hinzu: „Je schneller wir sind, desto geringer ist die Gefahr. Komm!"

Luri ist durchaus nicht einverstanden damit, dass wir sie von Brun fortnehmen und in das Körbchen betten; und Brun knurrt unzufrieden, will uns auf drei Beinen nachkommen und versucht seine kleine Freundin zu beschützen. Ich beruhige ihn hastig mit vielem Streicheln und guten Worten und ich versichere ihm, dass es zu Luris Bestem ist und dass wir sie bald wieder zu ihm zurückbringen werden. Schließlich gibt er sich zufrieden, gerade als auch die Pferde schon unruhig zu werden beginnen und mit Hufescharren und Schnauben anfragen, was denn eigentlich los sei.

Der Fürstbischof, das hat Zeno von den Knappen erfragt, ist im Freisinger Hof. Wir drücken uns die Mauern entlang, Zeno hat das Körbchen mit der Katze unter dem Mantel. Die Straßen sind menschenleer und es ist so still, dass man es, wie mich dünkt, eine halbe Meile weit hören müsste, wenn es Luri einfiele zu miauen. Aber, den Heiligen sei Dank, sie verhält sich still.

Am Tor des Freisinger Hofes halten zwei Knechte die Wache, im Torweg brennt eine Fackel. Das ist gut; ich hatte gefürchtet, das Tor werde schon geschlossen sein. Die Wachleute waren fremde Knechte, ich hatte keinen von ihnen je gesehen.

Zeno schiebt den Mantel vom Kinn zurück und lässt sein Gesicht sehen. „Ich bin Zeno, herzoglicher Page, und komme mit wichtiger Botschaft vom Herzog zum Fürstbischof Otto!", sagt er hochmütig. „Meldet mich!"

„Ho!", sagt der Knecht. „Jetzt! Mitten in der Nacht? Gibt es Krieg, oder was sonst ist geschehen?"

„Du kannst kaum erwarten, dass ich eine Meldung an den Bischof zuerst dir anvertraue", sagt Zeno noch um einiges hochmütiger. Ich hätte nie die Frechheit zu solch einem Ton gefunden, aber er tat seine Wirkung.

„Schön ...", sagt der Bursche unsicher. „Wenn ihr meint ... Aber die Verantwortung tragt ihr — und wenn mich der Bischof anfährt, so zahle ich jedes harte Wort an euch zurück — aber mit meiner Hand!" Er zeigte seine kräftige Pranke.

„Rede nicht so lange! Beeile dich lieber!", fährt ihn Zeno an. Achselzuckend gehorcht der Bursche.

Wir warten inzwischen im Torweg, und ich bin froh, dass wir uns hier, von den Freisinger Knechten bewacht, in Sicherheit fühlen können. Jetzt, da wir hier stehen und warten, ist mir, als wären unsere Schlüsse doch zu kühn und voreilig und als müssten wir eigentlich erst ... Aber da kommt schon der Knecht zurück, rascher, als ich erwartet hatte. „Wenn ihr beide der Page Zeno und der Pferdejunge Bertl vom Hof seid, dann dürft ihr herein", sagte er, sichtlich verwundert und bedeutend höflicher. „Der Fürstbischof ist im Krankenzimmer des verwundeten Ritters."

Wir sahen einander an, Zeno und ich. Besser konnte es ja gar nicht sein! Wir steigen die Treppe hinauf, ein Fackelträger leuchtete uns und öffnete uns die Tür zu des Kürenbergers Kammer.

Der Sänger lag auf seinem Bett, eine Kerze brannte auf einem Tischchen, der Freisinger saß neben ihm, das goldene Kreuz auf seiner Brust funkelte. Beide sahen sehr ernst aus.

„Der Krieg ist unvermeidlich", hörten wir gerade den Bischof sagen, „wenn Gott nicht ein Wunder tut. Der Herzog ist keinem vernünftigen Wort zugänglich; das Verschwinden des kleinen Prinzen hat ihn verrückt gemacht vor Schmerz und Zorn. Wenn wir das Kind nicht finden ..."

„Herr Fürstbischof!", sagt der Zeno und unterbricht kühn den hohen Herrn, „wir wissen, wo das Kind ist!"

Der Bischof fährt herum und springt auf. „Zeno!" ruft er. „Bertl! Wenn das wahr wäre! Redet! Schnell! Wo ist es? Wer hat es gesehen?"

„Miau — au!", sagt Lourion aus ihrem Körbchen. Es war, als habe sie alles verstanden und antworte nun klar und vernehmlich: „Ich!"

„Gesehen", erwidert Zeno, „hat das Kind Lourion. Und deshalb bringen wir sie her, als Zeugin und als Beweis und auch, um ein Asyl für sie im Freisinger Hof anzusprechen, denn wir denken, dass sie in großer Gefahr ist!" Und dann berichtet er alles, was wir wussten und was wir uns zusammengereimt hatten.

Die beiden Herren hören Zeno an und unterbrechen ihn mit keinem Wort. Schließlich hat Zeno geendet und nun, das sehe ich wohl — da die Herren gar nichts sagen —, wird auch er unsicher; denn wenn man in wohlgesetzter Rede alles klarlegen soll, so dünkt es einen oft gar nicht mehr so klar ... Er schaut ein wenig hilfesuchend von einem zum anderen und auch zu mir und zupft verlegen an Luris Körbchen.

Sekundenlang schweigen alle.

„Gott im Himmel!", ruft schließlich der Kürenberger „Das ist eine harte Strafe für meine Sünden, dass ich dieser Nacht auf meinem Bette liegen muss und nicht dabei sein darf!"

Der Freisinger Bischof fährt gleichsam aus seiner Erstarrung auf, greift nach der Glocke und schellt, dass es durch das ganze Haus gellt. Diener eilen herbei.

„Rudolf!", sagt der Bischof, „du gehst unverzüglich zum Herrn von Plaien, lässt ihn wecken und bittest ihn in meinem Namen, er möge sogleich mit zehn Knechten hierher zu mir kommen, aber sie sollen in kleinen Gruppen zu zweit oder dritt gehen und jegliches Aufsehen vermeiden. — Edwin, du gehst mit der gleichen Botschaft zum Herrn von Grimmenstein. Arnold, du holst von den Knechten des Passauer Hofes alle herbei, die dort verfügbar sind ... Nun, was gibt es, Bertl? Du siehst aus, als ob du nicht einverstanden wärst?"

„Ich meine nur", stammle ich, „die Passauer Knechte könnten gleich das Gestade besetzen und die Umgebung von Kajetans Hütte bewachen. Wenn es nämlich doch nicht ganz ohne Aufsehen abginge und man in der Stadt erfährt, dass sich so viele Knechte hier versammeln ..."

„Recht hast du", unterbricht mich der Fürstbischof. „Die Passauer Knechte sollen sogleich ans Gestade und an den Gries hinab und müssen dafür sorgen, dass nicht einmal eine Maus, geschweige denn ein Mensch oder gar ein Boot die Stadt verlässt. Sie sollen sich längs des Gestades verteilen und besonders die Gegend von Kajetans Haus und von der Rupertskirche im Auge behalten. Je zwei von euch gehen an alle Stadttore und mahnen die Wachen: niemand darf die Stadt verlassen, kein Ritter, kein Knecht, keine Frau, kein Kind ... Und wenn sich jemand für den Herzog selbst ausgäbe, so müsste er doch warten, bis ich ihn gesehen habe. Habt ihr's verstanden?"

„Ja!", rufen die Knechte.

„Dann fort mit euch, so schnell und so leise wie möglich! Dass ihr mir nicht die ganze Stadt aufweckt! Es wird euer Schaden nicht sein, wenn alles geht, wie wir hoffen ... Und ein Dutzend von euch bleibt hier, bewacht das Haus, den kranken Ritter, die Katze der Herzogin und die beiden Jungen.

„Was?", schreit Zeno verzweifelt. „Wir sollen nicht mit!?"

„Könnt nicht helfen", sagt der Bischof. „Was nun kommt, ist Männerarbeit. Ihr habt genug geleistet; ich will nicht, dass ihr euch einer Gefahr aussetzt."

Dem Zeno fließen die hellen Tränen über die Wangen. Und ich rufe im Stillen alle Heiligen an, deren Namen mir einfallen. Das geht doch nicht, dass wir gerade jetzt nicht dabei sein dürfen, das geht doch einfach nicht!

Da nimmt sich der Kürenberger unser an. „Herr Fürstbischof", sagt er, „das könnt Ihr den Jungen nicht antun. Sie jetzt in den Freisinger Hof einzusperren, das hieße sie bestrafen; und Strafe haben sie wahrhaftig nicht verdient."

Herr Otto sieht uns an. „Nein", erwidert er. „Das nicht. Schön. Kommt also mit. Aber haltet euch im Hintergrund." Dann lachte er kurz auf. „Es fehlte nur noch, dass auch die Katze nicht zurückbleiben will!"

Aber diese Besorgnis war unbegründet. Lourion war aus dem Körbchen auf das Bett des Ritters gesprungen und hatte sich dort schnurrend ein warmes Plätzchen gewählt.

Wir hatten kaum eine halbe Stunde zu warten — auch die schien uns lang, so ungeduldig waren wir alle —, bis von allen Seiten die gerufenen Herren mit ihren Knechten eintrafen. Der Fürstbischof legte in kurzer Rede dar, was wir erfahren hatten und verteilte sodann die Rollen.

„Dem Herzog wollen wir vorerst nichts sagen. Ich glaube es zwar nicht — aber es könnte ja doch sein, dass wir irren — und dann wollen wir ihm die Enttäuschung ersparen. Herr von Plaien, wollt Ihr mit Euren Leuten den Fischer Kajetan gefangen nehmen und sehen, ob Ihr die Verbindung zwischen seiner Hütte und dem Hof entdeckt, die Lourion offenbar gefunden hat? — Nach Bertls Erzählungen müsste sie in der kleinen Kammer unter dem Bett des Fischers oder unter dem Haufen alter Fischnetze verborgen sein. Zeno, willst du mit Herrn von Plaien gehen, damit er die Hütte ohne langes Suchen oder Fragen findet? — Herr von Grimmenstein, Ihr und ich, wir wollen den Zugang vom Hof her aufspüren. Bertl wird mit uns kommen. Er kennt die Stelle, wo der alte Christoph das hölzerne Kamel gefunden haben will. Ist der Zugang hier und dort gefunden, dann läuft ein Bote von der einen Partei zur anderen und wir dringen gleichzeitig von beiden Seiten in das Versteck ein."

Ich blinzle dem Zeno zu; wir sagen natürlich kein Wort — aber wie könnte man denn diesen schönen Plan ausführen, wenn man uns im Freisinger Hof zurückließe, wie es der Bischof erst wollte? Aber nun scheint Herr Otto diese Absicht schon vergessen zu haben.

Wir brechen also auf. Der Regen hatte nachgelassen, aber der Sturm war nur noch schlimmer geworden. Der Bischof, der Grimmenstein, ein Teil der Knappen und ich, wir ziehen uns die Mäntel über den Kopf und kämpfen uns gegen den Sturm bis zum Hof durch. Als wir zum Stalleingang abbiegen, sehe ich das Licht in den Zimmern der Herzogin. So Gott will, denke ich, wird ihr Kummer bald zu Ende sein. Habe aber doch eine wilde Angst im Herzen, dass alles nicht wahr ist und wir die Herren in die Irre führen ...

Die Pferdewärter schlafen bis auf einen, der die Wache hat. Es ist der Hannes; er erkennt den Bischof, den Grimmenstein und natürlich auch mich und macht ein einfältiges Gesicht, als ihm befohlen wird, auf seinem Posten zu bleiben, sich nicht zu rühren und kein lautes Wort zu sprechen.

Ich führe die Herren in die Futterkammer und von dort an die kleine Stiege, die an der Rückwand des Stalles in den Keller hinabführt. Es geht nicht ganz ohne Geräusch ab. Als ich das Ohr an die Mauer presse, höre ich jenseits der Wand ein zorniges Knurren. „Brun!", wispere ich. „Damals, in jener Nacht, hat Brun nicht Ruhe halten wollen; Christoph hat es bemerkt ..."

„Ja", nickt der Freisinger. „Ich entsinne mich. Kommt!"

Wir steigen tiefer hinab. Nun gelangen wir auf den kleinen Treppenabsatz, von dem aus eine Tür in den Weinkeller führt. Hier hat Christoph das Spielzeug gefunden. Die Treppe führt nicht weiter. Oder doch? Hier steht ein Schrank, angefüllt mit altem Gerät. Wenn hinter diesem Schrank ...

„Nein!", sagt der Freisinger. „Diesen Schrank hat in letzter Zeit niemand von seinem Platz gerückt. Man müsste am Boden die Spuren davon sehen. Untersuchen wir den Keller."

„Wenn aber", sagt der Grimmenstein, „der Schrank gar nicht weggerückt werden müsste? Wenn seine Rückwand nach außen aufginge? Dann brauchte man bloß über das alte Gerümpel hinweg zu steigen ..."

Schon bücken sich die Knechte, den Weg freizumachen, da höre ich Schritte hinter uns. Es ist einer von den Dienern des Herrn von Plaien. Er meldet in aufgeregtem Flüstern, dass alles stimmt: „Kajetan ist überrumpelt und gebunden; unter den Netzen in der kleinen Kammer hat man ein Loch gefunden, groß genug, um hindurch zu kriechen. Man wartet nur ab, wie es hier im Hof steht ..."

„Das werden wir in wenigen Minuten sehen", sagt der Fürstbischof mit erzwungener Ruhe.

Die Kastenrückwand ist nahezu freigemacht. Am unteren Ende sind die Bretter vermorscht und ange-fault, ein Loch ist da — hier muss Luri durchgeschlüpft sein ... und da, in halber Höhe, da ist ein Riegel. Der Grimmenstein zwängt sich in den Kasten, öffnet ihn; die Wand weicht zurück, ein Strom kalter, modriger Luft schlägt uns entgegen.

„Das ist ein Riegel, der sich von beiden Seiten vor-schieben lässt", sagt er und lässt den Mechanismus spielen. „Ich habe nun kaum mehr Zweifel."

Der Fürstbischof nickt. „Gut", sagt er. „Auch ich nicht." Er wendet sich an den Boten des Plaieners. „Wie lange brauchst du, um zu Kajetans Behausung zurück-zueilen? Sieben Minuten? Gut. Wollen sagen: zwölf. Du betest also, während du hinüber läufst, zwölf Vaterunser mit dem Englischen Gruß. Wir hier tun das gleiche. Nach diesem Gebet dringen wir von beiden Seiten in den Gang ein — mit abgeblendeten Lichtern und mit aller Vorsicht. Wir dringen vor, bis wir einander begegnen."

Ich zupfe ihn am Ärmel. „Ja, was noch? Habe ich etwas vergessen, du großer Stratege?"

Ich weiß nicht, was ein Stratege ist, aber vergessen hat er etwas. „Wir können in der Dunkelheit nicht wis-sen, ob es unsere Leute sind, die uns entgegenkommen ... Es könnten auch andre Leute im Gang unten sein ..." Des Seckauers Leute, meine ich.

„Gut", sagt er. „Du hast recht. Ein Losungswort muss sein. Sobald wir etwas vor uns hören oder einen Lichtschein sehen, wird es genannt." Er lächelt kurz. „Das Miauen einer Katze soll es sein — Lourion zu Ehren und mehr noch, weil ein Unberufener, der es hört, denken kann, dass die Katze den Ausgang nicht gefunden hat und sich noch im Gang herumtreibt."

Der Bote des Plaieners läuft davon, und der Bischof beginnt leise und langsam die Gebete zu flüstern. Ich zähle an den Fingern mit. Das erste Vaterunser ... Jetzt läuft der Bote zum Tor hinaus; das dritte: jetzt überquert er den Platz vor dem Passauer Hof. Jetzt tastet er sich die dunkle Fischerstiege hinab. Nun ist er neben der Rupertuskirche ... Nun bei Kajetans Haus. Nun sagt er seine Botschaft ...

„Amen!", sagt der Fürstbischof. „Das war das zwölfte Vaterunser. Und nun wollen wir in Gottesnamen in das Loch hinabsteigen — die drüben so wie wir!"

Der Grimmenstein geht voran; Herr Otto folgt als Zweiter. Jeder hat die Waffe zur Hand. Wir tasten uns weiter, jeder die Hand am Rock des Vordermannes, die Blendlaterne leuchtet kaum den Schritten der beiden Vordersten. Keiner spricht ein Wort; nichts hört man als die Atemzüge von uns allen, die viel zu laut klingen.

Der Weg ist nicht schlecht; gestampfte Erde ist es, der Fuß stößt an keinen Stein.

Wir schleichen dahin, und mich dünkt, dass wir schon eine halbe Ewigkeit unterwegs sind. Vielleicht, denke ich, führt der Gang im Kreis, vielleicht haben wir eine Abzweigung übersehen, vielleicht führt er quer durch die Stadt bis vor die Mauern — undenkbar, dass er bloß bis zum Gestade führt — wir müssten schon längst dort sein! Da seh' ich von ferne einen Lichtschimmer ...

„Herbei mit dir, Bertl!", flüstert Herr Otto. „Die Losung!"

„Miau...", versuche ich leise. Das Herz klopft mir im Halse, der Katzenruf kommt kläglich und jammernd heraus, aber vielleicht eben deshalb mag er sehr echt geklungen haben.

„Miau!", klingt es leise zurück ... Also sind es doch die Unseren. Aber dann ... Ja, dann ist der Gang doch leer, dann haben wir uns getäuscht, dann ...

Plötzlich schneidet ein greller Lichtkeil die Dunkelheit des Ganges entzwei. Eine Tür schlägt an der Seitenwand auf und eine Frauenstimme schreit: „Da ist ja die verwünschte Katze wieder!"

Der Grimmensteiner vor mir tut einen wahren Panthersatz nach vorne und fasst eine Frau am Arm — ein gellendes Kreischen ... Von allen Seiten stürzen sich unsere Gewappneten in die offene Tür. Zwei Männer sind überwältigt und gebunden, ehe sie recht wissen, was ihnen geschieht ... Die Frau, deren Arme von den großen Händen des Grimmensteiners wie von einem Schraubstock umklammert werden, das ist Pelagia ...

Und da, in der Ecke der kleinen, feuchten Kammer steht eine rohe, aus Brettern gezimmerte Wiege. In ihr schläft unter der apfelgrünen Seidendecke friedlich unser kleiner Prinz Heiner ...

Zeno und ich haben einander glückstrahlend zugewunken, das versteht sich, aber zu mehr war nicht Zeit, denn Zeno musste mit den Herren und dem wiedergefundenen kleinen Prinzen in die Zimmer der Herzogin hinauf und um mich hat sich niemand mehr gekümmert. Mit knapper Not ist es mir gelungen, dem Freisinger den Befehl abzuringen, dass man den Christoph sogleich in Freiheit setze. Es war das gar nicht so leicht, denn erst wollte er mich mit einem „Später, Bub, später! Siehst doch, dass ich jetzt keine Zeit habe!" abfertigen. Aber ich habe nicht lockergelassen, denn dass der Christoph das hölzerne Kamel gefunden hat, ist doch wichtig gewesen, und er verdiente es nicht, dass man ihm nicht gleich die Freiheit gab.

Eine halbe Stunde später ist der Alte im Stall erschienen, hat ein bisschen grau und müde ausgesehen, und als ich beginnen wollte, ihm alles zu erzählen, hat auch er gesagt: „Später, Bub, später!", ist in seinen Verschlag gekrochen, und nach fünf Minuten habe ich an seinen tiefen Atemzügen gehört, dass er eingeschlafen war.

Im Hof ist es laut zugegangen in dieser Nacht, und einmal habe ich den Frieder nach mir rufen hören. Aber ich bin aus Trotz nicht in die Gesindestube gegangen. Später, dachte ich zornig. Später!

Am Morgen hat mich der alte Christoph geweckt, hat mir den Striegel in die Hand gedrückt und hat so getan, als ob überhaupt nichts vorgefallen wäre. Und als ich ihm sage, ich sei dienstfrei, hat er nur geknurrt: „Wieso denn? Du bist von der Arbeit freigegeben worden, um das Kind zu suchen. Das Kind habt ihr gefunden. Also?"

Schön, dachte ich verdrossen. Da hilft nichts. Auch recht. Ich nehme den Striegel und geh an meine Arbeit, bürste und striegle den Goldfuchs, bis das Fell spiegelt.

In der letzten Woche hat ihn der Lorenz gepflegt, der versteht nichts davon, ganz stumpf war das Fell. Dann nehme ich mir den Schimmel des Plaieners vor, und so arbeite ich weiter bis gegen Mittag.

Ich hätte was andres verdient, denke ich. Später! Später werden sie mich erst recht vergessen, die großen Herren!

Ich hole mir ein Stück Brot und Fleisch aus der Küche und laufe damit zum Oswald nach Sankt Stephan hinüber, ich will mit keinem von unseren Burschen reden. Die würden mich ja nur hänseln. Seht den Bertl! Hat gedacht, dass ihn der Herzog gleich zum Ritter schlagen wird, wenn er hilft, das Kind zu finden! Muss aber nun doch beim Striegel bleiben!

Als der Oswald mich kommen sieht, legt er den Meißel aus der Hand und geht mir entgegen. „Gut habt ihr das gemacht, Jungen!", schreit er. „Aber der alte Oswald ist auch nicht dumm! Hab' ich nicht gleich gesagt, dass das Kind noch in Wien ist?"

Ja, gebe ich zu. Das habe er gesagt. — Dann aber rede ich nicht weiter, setze mich zu ihm unter den Hollerbusch und kaue schweigend an dem zähen Fleisch, das mir der Koch Siegmund zugeteilt hat. Oswald schaut mir eine Weile lang zu.

„Der Seckauer ist aus der Stadt verschwunden", sagt Oswald.

„So?", erwidere ich, als ob mich das gar nicht kümmere.

„Als das Kind gefunden war, haben sie die Tore nicht mehr so streng überwacht", fährt der alte Steinmetz fort. „Da muss er die Gelegenheit benützt haben.

Kann auch sein — überlegte er bedächtig, „dass sie es so wollten, die Herren, und froh waren, ihn los zu werden. Es wäre ihm nicht leicht etwas nachzuweisen gewesen, dem Herrn Ottokar. Er hat immer andre vorgeschickt."

„Und wie steht es mit Pelagia?"

„Die Griechin soll gesagt haben, dass sie ihren Auftraggeber gar nicht kennt."

„Und unser Zeugnis, Zenos und meines, als wir hier unter dem Holunderbusch saßen, damals, als die ganze Sache anfing?"

„Gesehen habt ihr ihn nicht!"

„Und dass er den Kürenberger zum Zweikampf forderte, weil er ihn bei den Bäckern sah —?"

„Das kann er auch aus anderen Gründen getan haben. Aus Ärger, aus Streitlust ..."

„Das ist ungerecht, Oswald!"

„Tja —", sagte der Alte. „Hier auf Erden ist manches ungerecht. Der Ottokar von Seckau ist ein Welfe; wenn man versuchen würde, ihm ohne ausreichenden Beweis den Prozess zu machen, wäre der Friede im Reich wieder um ein Stückchen mehr gefährdet. Sei du nur ruhig, Bub. Der Herrgott wird ihn schon zu finden und zu strafen wissen."

„Und die Frau? Pelagia?"

„Die hat man eingesperrt. Und wie ich gehört habe, will man sie bei nächster Gelegenheit mit Spott und Schande nach Konstantinopel heimsenden."

„So", sage ich. „Nun ja, da wird wohl Zeno bald seine Wünsche erfüllt sehen und heimreisen dürfen."

„Kann wohl sein", antwortet Oswald gleichgültig

und beschäftigt sich mit seinem Mittagsbrot.

Nach einer Weile aber sagt er: „Bertl! Hast du etwa all das getan einer Belohnung wegen?"

„Nein", erwidere ich; aber mir sitzt ein Klumpen in der Kehle und ganz ehrlich ist meine Antwort vielleicht nicht. Natürlich habe ich es nicht einer Belohnung wegen getan, sondern aus Mitgefühl mit der Herzogin, aus Sorge um den kleinen Prinzen und schließlich auch Christophs wegen. Aber irgendetwas Gutes, dachte ich, könnte wohl auch für mich dabei herauskommen

„Eine Belohnung, weißt du", sagt der Alte, „darf man ebenso wenig suchen wollen wie das Glück. Es kommt oder es kommt nicht ..."

„Ja. — Zu mir kommt es eben anscheinend nicht. Leb wohl, Oswald. Ich muss wieder an meine Arbeit." Damit gehe ich; ich will nicht, dass er meine Tränen sieht.

Ich gehe in den Stall zurück und fange an, die Futterkrippen auszuwaschen, und ich will mir einreden, dass alles so ist wie vorher — vor all den Aufregungen um Luri und um den kleinen Prinzen —, aber es ist eben doch alles anders geworden für mich.

Ich werde fortgehen, überlege ich. Ich werde irgendwo anders Dienst machen, im Reich draußen. Wenn es sein kann, beim Kaiser Rotbart oder bei einem der Fürsten, die mit ihm, wie man hört, nach Italien ziehen werden. Denn mir ist, als könnte ich einfach nicht mehr Pferdejunge am Hof zu Wien bleiben nach allem, was ich erlebt habe und wenn Zeno fortgeht. Jetzt, da das Kind wieder glücklich bei seinen Eltern ist, war meine Aufgabe hier erfüllt. Mein Leben erschien mir leer und zwecklos; nie noch war ich so unglücklich gewesen wie an diesem Tag und auch noch am nächsten.

Am Abend dieses zweiten Tages jedoch kam einer der bischöflichen Diener aus dem Freisinger Hof; ich solle den Goldfuchs des Bischofs gesattelt hinüberbringen, der hochwürdigste Herr wolle auf die Newenburg reiten, wo sich an diesem Tag der Herzog und die Herzogin mit dem kleinen Heiner aufhielten.

Ich tu, wie mir befohlen ist, und als ich zum Freisinger Hof komme, steht der Fürstbischof schon auf der Stiege und schaut mir entgegen. „Der Bertl!", sagt er. „Komm her! — Wie war doch dein Wunsch? Nicht immer Pferdejunge zu bleiben, wie? — Nun, ich kann dir verraten — im Vertrauen, aber ich weiß ja, dass du schweigen kannst — dass wir alle, der Herzog selbst, der Bischof von Passau, ich und noch viele andre Herren, zum kaiserlichen Reichstag nach Regensburg reiten werden. Wie wäre es, wenn der Bertl — oder vielmehr der Knappe Lambert — mitreiten dürfte?"

Ich konnte kein Wort hervorbringen. Herr Otto lachte. „Halt mir den Steigbügel!", sagte er. „Antwort brauche ich keine; es genügt mir schon, dein Gesicht zu sehen!"

So ist es also gekommen, dass ich als Schildknappe des Herzogs zu jenem denkwürdigen Reichstag nach Regensburg habe mitreiten dürfen. Auf diesem Reichstag hat Herzog Heinrich Jasomirgott auf Bayern verzichtet; dafür aber hat der Kaiser die Markgrafschaft Österreich zu einem Herzogtum erhoben, und diesem neuen Herzogtum wurden besondere Privilegien zuerkannt, sodass unser Herzog Heinrich nach dem Verzicht auf Bayern ein mächtigerer und unabhängigerer

Reichsfürst geworden ist, als er zuvor gewesen. Das Land Bayern wurde dem Welfen gegeben, und so war der lange Streit, der dem Reich so gefährlich gewesen war, beendet. Es hieß — und ich zweifle nicht, dass dies wahr ist — dass dieser Friede durch die Vermittlung des Freisinger Fürstbischofs zustande gekommen ist, der ein besonderer Freund des Kaisers war, und der auch seinen Bruder gut genug kannte, um zu wissen, dass man an dem Wort nicht rütteln durfte, das dieser einst gesprochen: „Herzog bin ich und Herzog bleibe ich — ja, so mir Gott helfe!"

Nach dem Ende des Regensburger Reichstages kamen wir gerade noch rechtzeitig nach Wien zurück, um die Abreise einer Gesellschaft mitzuerleben, die nach Konstantinopel ging, und der als Gefangene die Frau Pelagia, als Schreiber des Gesandten jedoch Zeno mitgegeben wurde. Zeno war sehr glücklich heimzukommen — aber dennoch wurde ihm der Abschied von Wien nicht leicht, und wir fragten uns, ob wir einander je wiedersehen würden.

Ich hoffe es wohl. Es ist die Rede davon, dass Kaiser Rotbart einen Kreuzzug unternehmen will. Wenn es so weit ist, will ich tun, was ich kann, um all die fremden Länder und Völker zu sehen. Und wenn ich Glück habe und eine Gelegenheit finde, mich auszuzeichnen, dann könnte es wohl auch sein, dass man mich zum Ritter schlägt. Dann wären alle meine Wünsche erfüllt.

Ich muss noch erzählen, dass, als wir wieder nach Wien kamen, eine Abordnung der Wiener Bäcker beim Herzog von Österreich erschien. Sie hätten, sagte ihr Wortführer, mein alter Meister Urban, schließlich doch auch ein wenig dazu beigetragen, dass man den kleinen Prinzen Heiner wiedergefunden habe; denn dass der Seckauer nach dem griechischen Brot gefragt habe und dann in der Richtung nach dem Gestade davongegangen sei — das habe den Ritter von Kürenberg und den Knappen Lambert auf die erste Spur gebracht. Und nun bäten sie um eine Belohnung. Seit langem litte die ganze Bäckerzunft unter der Plage von Mäusen und Ratten. Nun hätten sie gehört, dass das neue Schoßtier der Frau Herzogin, die Katze Luri, besagter Mäuse und Ratten geschworener Feind sei. Ob der Herr Herzog nicht die Gnade haben wolle, der ehrsamen Bäckerzunft von Wien solch ein kostbares Tier zu verschaffen? — Sie würden sich allezeit befleißigen, dieser Gunst durch besonders eifrige Ausübung ihres Gewerbes zu danken.

Der Herzog lächelte und erwiderte, das werde sich wohl einrichten lassen. Und nach einiger Zeit kam tatsächlich mit besonderem Kurier ein verschlossenes Körbhen nach Wien, darin saß ein schön getigerter Kater, der der Bäckerinnung in feierlicher Versammlung überreicht wurde. Von ihm und von Lourion stammen die vielen Katzen ab, die Wien seither bevölkern.

Freilich hat keine von ihnen je wieder solche Berühmtheit erlangt wie Lourion. Damit sie sich von weitem von anderen ihres Geschlechtes unterscheidet, hat man ihr ein goldenes Halsband gegeben; und wenn die Wiener sie sehen, dann eilen sie, ihre Hunde einzusperren, damit Luri ungehindert ihres Weges gehen kann.

Denn Lourion hat ihre Streifzüge durch die Stadt wieder aufgenommen: sie jagt auf dem Friedhof von Sankt Stephan, sie besucht den getigerten Kater in der

Bäckerstraße und ab und zu steigt sie auch an das Gestade hinab, um sich einen guten Fisch zu erschmeicheln.

Sie läuft keine Gefahr mehr. Kajetan wurde des Landes verwiesen und alle anderen Fischer kennen sie.

Besonders gerne aber begleitet Lourion die Speisenträger, die immer noch ab und zu von der Hofküche — obwohl der Herd im Schottenkloster schon fertiggestellt ist — besondere Gerichte als Geschenk des Herzogs zu den Mönchen hinabtragen. Lourion weiß genau, dass der Vater Küchenmeister ihr stets etwas davon abgibt. Und wenn sie so mit hoch erhobenem Schweifchen neben den herzoglichen Küchenjungen dahertrabt, dann wird sie von allen Wienern begrüßt: „Hoch Luri! Hoch Luri, die herzogliche Kammerkatze!"

Weitere Bücher von Gerhart Ellert im Verlag Petra Kehl

Der Goldschatz im Römerlager

In der Völkerwanderungszeit von den Germanen hart bedrängt und ihnen schutzlos ausgeliefert, fühlt sich die Bevölkerung der römischen Provinzen an der Donau von Rom verlassen. Als auch noch eine Hungersnot ausbricht, wird die Lage verzweifelt. Der 14-jährige Quintus macht sich mit seinem geliebten Hund Witte und dem jungen Mönch Maurus auf den Weg, um den geheimnisumwitterten Severin, der im Ruf eines Heiligen und Wundertäters steht, um Hilfe zu bitten. Auch sollen sie nach den Getreideschiffen aus Rätien Ausschau halten, die von der hungernden Bevölkerung von Favianis sehnlichst erwartet werden. Wird es ihnen gelingen, die Stadt zu retten?
Österreichischer Staatspreis für Jugendliteratur
Broschiert, 187 Seiten, ISBN 978394789033

Die Ritter mit dem schwarzen Mantel

Ein schwarzer Mantel mit einem achtspitzigen weißen Kreuz – das ist das Erkennungszeichen für die Bruderschaft vom heiligen Johannes zu Jerusalem. Ihre Mitglieder haben sich einem hohen Ideal verschrieben: aus Nächstenliebe wollen sie die Kranken pflegen. Bald schützen sie als Ritter die Pilger und verteidigen das christliche Königreich Jerusalem. Nach dem Verlust des Heiligen Landes finden sie zunächst auf der Insel Rhodos und schließlich auf Malta eine neue Heimat. Auch dort bleiben sie ihrem Ideal treu. Doch sie sind zugleich Menschen mit Fehlern und Schwächen, die gegen sich selbst genauso hart kämpfen müssen wie gegen den äußeren Feind, der ihre Inseln erobern möchte.
Broschiert, 168 Seiten, ISBN 9783947890200